文春文庫

おこん春《はる》暦《ごよみ》

新・居眠り磐音

佐伯泰英

文藝春秋

目次

#「居眠り磐音」主な登場人物

おこん
母親のおのぶを病で亡くし、父と長屋暮らし。やがて両替商の今津屋で奉公することになり、そこで将来、坂崎磐音と出会う。

金兵衛《きんべえ》
深川六間堀にある長屋の大家。おこんの父親。

曽我蔵之助《そがくらのすけ》
下野国の黒羽藩より江戸にやって来た侍。金兵衛長屋に住み込む。

達子《たつこ》
蔵之助の妻。二人の間には幼子の小春がいる。

木下三郎助《きのしたさぶろうすけ》
南町奉行所の定廻り同心。嫡男の一郎太は見習い同心。

佐吉《さきち》
木下三郎助の手札をもらい、深川界隈を縄張りにする十手持ち。

由蔵《よしぞう》　両替商今津屋の筆頭支配人。

今津屋吉右衛門《いまづやきちえもん》　両国西広小路の両替商の大旦那。息子の総太郎に商いの大半は任せるようになっており、間もなく名前を譲ろうと考えている。

伴蔵《ともぞう》　今津屋での奉公を五十数年勤め上げた最高位の老分番頭。

『居眠り磐音』江戸地図

寛永寺
上野
浅草
待乳山聖天社
向島
浅草寺
品川家
業平橋
北割下水
本所
竹村家
今津屋
柳原土手
両国橋
南割下水
横川
竪川
大川
小伝馬町
牢屋敷
鰻処宮戸川
六間堀
日本橋
小名木川
新大橋
鎧ノ渡し
深川
霊巌寺
八丁堀
霊岸島
永代橋
金兵衛長屋
富岡八幡宮
佃島

護国寺
小石川
本郷
豊後関前藩
上屋敷
牛込
神田川
佐々木道場
駿河台
神田明神
市谷八幡宮
神保小路
内藤新宿
四谷
四谷御門
麹町
江戸城
平川天満宮
南町奉行所
数寄屋橋御門
溜池
原宿
愛宕権現
増上寺
芝
渋谷

編集協力　澤島優子
地図制作　木村弥世

おこん春暦《はるごよみ》

新・居眠り磐音

第一話　妹と姉

序

明和《めいわ》四年（一七六七）の春。

浄土宗道本山東海院霊巌寺《れいがんじ》の境内《けいだい》の桜の花が咲き始めた。この寺は川向うの霊巌島に寛永《かんえい》元年（一六二四）に創立されたが、明暦《めいれき》の大火のあと、この深川の地に移りきた。

徳川幕府の創始者家康《いえやす》、二代目秀忠《ひでただ》、三代目家光《いえみつ》が尊信した由緒ある寺でもある。そんな寺の墓所の一角におこんの亡き母おのぶが眠っており、金兵衛《きんべえ》とおこんは小さな墓石をせっせと掃除をしていた。

「おのぶが死んでこの夏で一年か」

と洩《も》らす金兵衛の声音にはまだおのぶが身罷《みまか》った衝撃から立ち直っていない弱々しさと諦《あきら》めきれない感情があった。

「お父っつぁん、一年目がくるのは二月《ふたつき》あとよ」

「十月《とつき》だろうと一年だろうと変わりねえや」

「寂しいの」

「寂しかねえ。ちょっとおのぶのことを思い出してただけよ」

金兵衛の言葉遣いが揺れていた。それが金兵衛の気持ちを如実に表していた。

「わたしは寂しいわ。おっ母さんがいるといないとでは違うもの。うちは身内三人だけだったのよ、それが」

「おのぶが先に逝きやがった」

金兵衛の伝法《でんぽう》な口調から寂しさがひしひしと伝わってきた。

「霊巌寺って立派なお寺さんよね、どこかのお殿様のお墓があると聞いたわ」

金兵衛の気持ちを慮っておこんが話題を変えた。

「おお、本多《ほんだ》様を始めよ、尼崎《あまがさき》の桜井《さくらい》様、今治《いまばり》の久松《ひさまつ》様、高田《たかだ》の榊原《さかきばら》の殿様なんぞがうちのおのぶといっしょに眠っておられるな」

と金兵衛が痩《や》せた胸を張った。

「見たことないわ」

「そりゃねえはずさ。あちらは芝居小屋でいえば桟敷席《さじき》。こちらはさ、後ろの土間の隅か、二階の立ち見がせいぜい。寺はいっしょでも眠る場所が違うってことよ」

「ふーん、うちの墓は古いの」

「うむ、そんなことは考えたこともないな。少なくとも爺様《じい》の代にはすでに墓があったがな」

親子で墓掃除を終え、おのぶが好きだった花菖蒲を捧げて、線香を手向《たむ》けた。金兵衛が数珠を手に墓前に腰を下ろし、おこんも合掌《がっしょう》した。

「なむあみだぶつ
なむあみだぶつ
なむあみだぶつ……」

と八回小さな声で繰り返し、間をおいて息を継ぎ、

「南無阿弥陀仏
南無阿弥陀仏」

と金兵衛が声を少し張って二度繰り返した。

十念と呼ばれる読経を母親の弔《とむら》いでおこんは覚えた。墓の前から立ち上がった金兵衛が、

「あれほど桜の花が好きな女はいなかったな。桜を見て逝き、ほれ、また桜が咲き始めてやがる。おのぶ、見えるか」

と墓に語りかけた。

「お父っつぁんの声、おっ母さんは聞いているかしら」

「お父っつぁんは死んだことがねえからな。寺の坊主は、あの世には蓮の台《うてな》の極楽浄土が待っているだの、なんとか地獄があるというけどよ、おれに分かるのはこの世のことだけさ」

「わたしたちがお墓参りしてもおっ母さんには分からないの」

「なんとも答えられないな。おれが思うにはこうして墓参りするのは死んだ者のためじゃねえ、生きているおれたち親子の気持ちだ。こうして墓の前でなければよ、話せないこともあろうじゃないか」

墓所に潮の香りの漂う風が吹いた。するとちらちらと二分咲きの桜の花が舞い散り、二つ三つ掃除をしたばかりの墓石と花菖蒲に落ちかかった。

「おのぶが返事をしやがったぞ。咲き始めた花びらがこんな風に散るわけもない、

おこん」

「やっぱりおっ母さんは聞いているんだ」

「墓たって滅多なことはいえないな」

「めったなことってなあに、お父っつぁん」

「なんでもねえよ」

「お墓のおっ母さんは、お父っつぁんの気持ちなんて見通しているわよ」

「そんな馬鹿なことがあるものか」

と金兵衛が答えたとき、墓石に止まっていた桜の花びらが金兵衛の足元に落ちてきた。

「聞いてやがる。おのぶは地獄耳で聞こえがよかったからな」

「分かったわ」

おこんが金兵衛の戸惑いの呟《つぶや》きを聞いて言った。

「お父っつぁん、後添《のちぞ》えさんをもらいたいのとちがうの」

「ち、ちがう、ちがう。おれは、そんなことなんてこれっぽっちも考えてねえよ。娘が母親のおのぶの墓の前でなんてことをいうんだ」

「ふーん、そう聞いておくわ」

と応じたおこんが、

「前から聞きたかったことがあるのよ」

「な、なんだ。おりゃ、後添いなんて考えてねえからな」

「もうその話は終わったの。お父っつぁんとおっ母さんはどこであったの。おっ母さんはお侍さんの屋敷に奉公していたのよね。そんなおっ母さんと六間堀の住人が知り合うなんてあるの」

「また昔話を持ち出しやがったな」

「都合がわるいの」

「そうじゃねえよ。おのぶが武家奉公していたのは、直参《じきさん》旗本四千三百石の最上《もがみ》丹波守氏兼《たんばのかみうじかね》様って、りっぱなお屋敷だったな。愛宕権現社《あたごごんげんしゃ》の裏手の武家屋敷さ」

最上家の先祖は遠国《おんごく》奉行の中でも直参旗本の垂涎の的の長崎奉行を勤めたこともあり、ひと財産を稼いだと噂《うわさ》されていた。

「あら、よく知っているのね」

「知らいでか。おのぶは、この深川界隈《かいわい》の生まれでな、親父さんが宮大工だったんだぞ。その折りは海辺大工町《うみべだいくまち》の二階長屋に住んでいたしな。うちの親父とおのぶの親父が知り合いでな、おのぶの親父さんが屋根から落ちてきた材木に運悪く頭を打ってな、おっ死んじまったんだ。その弔いの場に親父に連れていかれて、おのぶと会ったのが初めての出会いよ」

「なんだ、おっ母さん、深川っ子だったの」

「と、いえるかな、おのぶの親父さんの在所は上野高崎城下外れだったかな。親父さんが亡くなって、おのぶがだれの口利《くちき》きか、愛宕権現裏の最上家に奉公に出たのよ」

「深川生まれのおっ母さんが武家屋敷勤めだなんておかしくない」

「おのぶの体には在所者の血が半分ほど流れていたということよ。深川の娘ならば武家屋敷奉公なんて金輪際考えやしねえさ。おのぶは二本差しの侍に憧《あこが》れていたのかねえ」

金兵衛が遠い昔を振り返って墓地の上の空を見上げた。

「侍に憧れるってなによ」

「在所者はさ、侍の身分が上と未だ思っているんだろうよ。もはや武家が力を揮《ふる》った御代は終わったのにな。おこん、おまえが奉公するなら商人にしな。あるいはおのぶの親父さんのように技を持っている職人がいいな」

と金兵衛が言った。

「商人か職人だって。お父っつぁん、わたし、娘よ、娘が職人になれるの、商人の主《あるじ》になれるの」

「なれまいな。ともかくおまえのおっ母さんは武家方に惚《ほ》れたんだよ。とどのつまり差配のおれの女房になったがな」

「そして、わたしが生まれた」

「所帯を持って何年も子が生まれる兆しがなくてな、諦めかけたとき、おまえが生まれた」

「そうか、おっ母さんたら最上様の屋敷で読み書きをならったのね」

深川生まれの職人の娘で読み書きができるものはそう多くはなかった。

「ああ、そういうことだ。おのぶが武家奉公に出た当時の殿様はものの分ったお方でな、給金もきちんと出たらしい。だが、代替わりしてな、最上様の屋敷の内情がおかしくなったと知ってな、奉公を止めて、この金兵衛と所帯を持ったのさ」

「ということは、奉公中お父っつぁんは時々屋敷奉公のおっ母さんの顔を見にいったのね」

「まあ、そんな具合だ」

おこんがしばし間をおいて考えた。

「おっ母さんの身内に会ったことがない」

「ああ、そのことか。おのぶの親父さんが亡くなったと言ったな、おのぶが最上家に奉公に上ったころ、一家は江戸を引き上げて高崎に戻ったんだよ。おのぶ一人だけはこの江戸に残った」

　金兵衛がおこんの沈黙の意味を察したように告げた。

「お父っつぁんがいたからね」

「おお、うちの親父も急に元気をなくしてな、おれが差配の跡継ぎにと内々に決まっていたからな。家はある、給金は贅沢《ぜいたく》しなければやっていけたからね」

　差配の仕事はそれなりの収入があった。というのも長屋の下肥《しもごえ》は江戸外れの百姓衆の畑にまく肥料として高く売れ、この下肥賃は差配の懐《ふところ》に入ったからだ。

「それで所帯を持つために最上様のお屋敷を辞めたのね」

「そういうことだ。墓の前で妙な話になったな」

「妙な話じゃないわ、大事な話よ、ねえ、おっ母さん」

　おこんが墓石に語り掛けると風に桜の花びらが二、三枚散ってきた。

（おっ母さんはお父っつぁんと所帯を持つために身内と別れたのね、わたしにそ

んな勇気があるかな)
おこんは胸の中の自分に問いかけた。
(おこん、そなたはおっ母さんよりずっと賢いよ)
とおのぶの声が響いた。
(わたしにできるのはお父っつぁんの面倒をみるくらいね)
(それもいいけど、世間を広く見廻すんだね、深川では思いのつかないことがあるよ)
(そうか、六間堀だけが、深川だけが世間ではないのか)
おこんはおのぶの声を久しぶりに聞いたように思った。

一

おこんは御籾蔵《おもみぐら》の向こうに何本か聳《そび》える、大きな銀杏《いちょう》の枝葉の間から春の穏やかな光が射《さ》し込む縁側で洗濯ものを取り込んで畳んでいた。

墓参りから数日後のことだ。

縁側に、大川から潮が上がってきたか、かすかな磯の香りといっしょに桜の花びらが散っていた。

去年、おこんの母親のおのぶが身罷ったあと、おこんは父親と暮らしながら、三度三度の食事を作り、洗濯をし、差配の手伝いをきちんとこなすしっかり者の娘になった。いや、ならざるを得なかった。分らないことは店子《たなこ》のおかみさん連がおこんに教えてくれた。おこんは教えられた中から、

「おっ母さんならどうしたろう」

と亡くなった母親の記憶と重ね合わせて自分なりのやり方を選んだ。

そんなおこんは墓参り以来、あることを漠として考えていた。それが実現するかどうかは分からなかった。

おこんは父親が独り暮らしできるように、季節の衣服を分けて行李《こうり》に入れ、蓋《ふた》のうえに「綿入」、「袷《あわせ》」、「単衣《ひとえ》」などとしっかりとした漢字で書いて金兵衛が分かるようにした。

おこんは武家屋敷に奉公していた母親に読み書きの初歩、仮名文字を習った。

「おこん、おまえは物覚えが早いよ。なにより字がきれいだ。もうおっ母さんが教えることはないよ」

おのぶがおこんに洩らしたのが、八歳のときだった。

「おっ母さん、わたし、泉養寺のお坊さんの手習い塾に行きたい」

その折り、おこんが言い出した。

「なんだって、お坊さんの教える字はえらく難しいよ。おまえの歳では無理じゃないか。もうしばらく待ったらどうだい」

おのぶは拒んだが、問答を聞いていた金兵衛が、

「おのぶ、当人が行きたいてんだ、行かせてみろ」

「そうかね、お寺さんに迷惑をかけないかね」

「無理ならば先方が断ろうじゃないか」

と首を傾《かし》げた。

天台宗泉養寺は南六間堀町と森下町に挟《はさ》まれてある浅草寺の末寺だ。この界隈の子供たちの遊び場でもあった。

「おまえさん、束脩《そくしゅう》はいくら持っていったらいいかね」

おのぶは習字代を気にし、

「寺に束脩な、まあ、正直和尚《おしょう》に尋ねてみたらどうだ」

との会話があって、八歳のおこんは母親に連れられて泉養寺を訪ねた。

和尚の泉田宗謙《いずみだそうけん》はおのぶの願いを聞いて、

「愚僧が教えるのは写経というて経文を写すことじゃがな、子供の手習い塾ではないぞ」

　おこんの顔を見ていった。

「うーむ、そなたはこの界隈の悪ガキどもを娘ながら束ねておる、どてらの金兵衛さんの娘じゃな」

「和尚さん、娘のおこんが悪ガキを束ねるなんておかしいですよ。他のだれかと勘違いをされています」

　おのぶが慌《あわ》てて和尚の言葉を訂正した。顔を上げたおこんは二人の問答を黙って聞いていた。

「いや、間違いない。名はおこんじゃったな」

「はい、おこんです」

　はっきりとした口調で返事をした。

「和尚さん、しゃきょうは手習い塾と違いますか」

「天台宗のお経の字を手本どおりに丁寧《ていねい》に写すでな、根気修行じゃぞ」

「わたし、やります」

「なに、八つの娘が写経な、試してみるか」

しばし考えた住職が頷《うなず》き、受け入れを認めた。

そんな経緯《いきさつ》のあと、おこんは泉養寺で写経を習い始めた。初めて独りで寺にきたおこんの筆の使い方と態度を見た宗謙が、

「よかろう、写経だけではのうて、あれこれ字を教えようではないか。八つの娘じゃが、並みの大人より立派な字を書きおるわ」

と褒《ほ》めた。

「だれに筆遣いを習った」

「おっ母さんです」

「ほう、六間堀界隈の女子が読み書きできるとは珍しいな」

「おっ母さんはお侍さんの屋敷に奉公していたんです」

「おお、それで仮名文字が読み書きできるか。おっ母さんがどのような仮名文字を書けるか知らぬがそなたには天分があるな」

「てんぶんってなあに、和尚さん」

「天分な、書はな、字だけならば稽古《けいこ》を続ければ上手になろう。だがな、稽古をしても紙に書かれた字の按配《あんばい》は、持って生まれた才のせいだ。おまえさんはおっ母さんから仮名文字を習った。そのことが習字の基になった。仮名文字は隣の国

から伝わった漢字より難しいものだ。にょろにょろした字をそなたは上手にこなす、これが天分だ。おこんの才だ。書は漢字と仮名文字で書く絵と思え」

以来、月に三度ほどの泉養寺通いが今も続いていた。

近ごろでは、おこんがこの界隈の子供に教えるほどの字を書き、経典を読むこともできた。そんなわけで綿入、袷、単衣など認めるのはおこんには容易《たやす》いことだった。

差配金兵衛の家は長屋とは別棟で木戸を挟んで一軒家だ。

畳部屋が六畳二間に三畳の控えの間、それに十二畳ほどの板の間がついていた。四軒の長屋の連中と集いをし、近ごろではとんとやらなくなったが飲み会などに使われた。この板の間でおこんは十歳にして六間堀界隈の子供に読み書きを教えていた。

差配の家にはこの他に台所、厠《かわや》などがあった。また台所の土間の一隅に三畳ほどの広さの納戸《なんど》があって、長屋の井戸浚《さら》えや諸々の道具や祭りの提灯《ちょうちん》などが納められていた。これらの道具の大半は店賃《たなちん》を払えない住人が夜逃げする折りに残していったものだ。

おこんがなによりほっとするのは、御籾蔵の敷地に立つ木々が光を遮り、差配の狭い庭と縁側に季節ごとの陽射《ひざ》しが射し込む刻限だ。

「お父っつぁん、米味噌《みそ》醤油《しょうゆ》があるところは分かるわね」

おこんが不意に尋ねた。

「おお、おまえよりこの家に暮してきたのは長いんだ。どこになにが仕舞ってあるかくらい承知の助よ。だが、どうしてそんなことを聞くんだ」

「だって、いつまでもわたしがこの家にいるとはかぎらないじゃない」

「そりゃそうだけど、いつまでも居られてもこまるからな。嫁にだって行かなきゃなるまい」

「嫁に行くだなんて未だ早いわ」

おこんは首を横に振り、

「歳《とし》をとると物忘れがひどくなるの。いい、店賃の帳簿は長火鉢の引き出しよ」

「おこん、どてらの金兵衛が何年差配の職を全うしていると思っているんだ」

「わたしが生まれるまえからでしょ」

「そういうことだ」

「店賃をだれが溜めているか、帳簿の後ろに書いてあるわ」

「おこん、この頭によ、だれが何月溜めているかなんぞしっかりと刻まれていらあ。心配するなって」

と応じた金兵衛が、

「おこん、おまえ、なにを考えているんだ」

おこんは父親の問いには答えず、

「お父っつぁん、私の名だけどなぜこんと付けたの」

と話柄をすり替えた。

「なに、名の由来か」

「そうよ、こんなんてまるでお狐さんみたいじゃない」

「狐な、関《かか》わりがないこともないな。おめえが生まれたとき、もうおのぶは子はできまいと諦めていた。そんな風なとき、おまえが生まれたんだ。おれも死んだおっ母も名についてあれこれと言い合ったけどな、こちらが勧めるのはおのぶがケリやがる。おのぶが口にする名はみょうちきりんでよ、なかなか決まらない。めんどくさくなって、ふと頭に浮かんだのがどこの町内にもあるお稲荷様のことだ」

〈伊勢屋、稲荷に犬のくそ〉

が江戸の三大名物だ。

伊勢から江戸に出てきた商人の屋号の伊勢屋もお稲荷さんもなぜかあちらこちらに多くあった。五代目の綱吉《つなよし》時代の生類憐みの令の影響で犬の糞が通りじゅうにあるのも江戸の「名物」だ。

「なんとなくお稲荷さんを思い出したらよ、こんこんだってんで、おこんって名になった。おっ母さんもお稲荷さんならいいね、と素直に応じたんだ」

「めんどくさくなってお稲荷様の呼び名を拝借したの、わたし、やっぱりお狐様の生まれ変わりなのかしら」

「お稲荷様結構けっこう、おこんってよ、今から考えればいい名じゃないか、だれもが直ぐ覚えてくれるからな」

「わたしは、もう少し凝った名がよかったな。踊りのお師匠さんが『おこんちゃん、もっと腰を柔らかく、手はしなやかに』なんて注意されても、なんとなく重みのない名だなって思うのよ」

「じゃ、どんな名がよかったんだ、おこん」

踊りの弟子の中には、綾香《あやか》とか桜乃《さくらの》なんて名の弟子もいた。おこんは呼ばれるより字で書いたとき、こんはなんとなく軽々しいと思ったのだ。とはいえ、もはやおこんが自分の名だと諦めてもいた。金兵衛も、

「今さら言われてもどうしようもねえことをほじくり返してもしようがないよ」

と言った。

深川六間堀の金兵衛長屋は、居付の地主が深川南六間堀町の米屋上総屋《かずさや》に地面を貸し、上総屋が裏店《うらだな》四軒を造って家持になり、金兵衛の親父が四軒を差配するようになった。そして、親父が亡くなったあと、どてらの金兵衛が裏店の差配の職に就いた。差配は大家とも呼ばれた。

「今日、夕餉《ゆうげ》、なににしようか。お父っつぁんの好きなものを言ってよ、作ってあげる」

とおこんが言い出し、

「おお、そうだ、五間堀と六間堀がぶつかる辺りに宮戸《みやと》川《がわ》って鰻《うなぎ》屋ができたわよね。一度くらいお店で食べに行ってみる」

と思い付きを口にした。

「宮戸川の鰻か、店開きしたころは慎ましやかだったが、最近じゃ川向こうの江戸から客が舟で食いにくるそうだな」

「それほど評判なのよ、鉄五郎《てつごろう》親方の腕前のせいね」

「ほう、おめえ、親方の名も承知か」

「鰻を捕まえて宮戸川に売りにいく仲間がいるのよ、だから承知よ」

とおこんが説明した。

「鰻な、にょろにょろしてやがるぜ、止めとこう」

「にょろにょろしたまま出てくるわけじゃないわ。背開きにして三枚にしたものをたれにつけて甘香ばしく焼いた鰻を出すのよ」

「やっぱり止めておこう」

と金兵衛が言った。

「どうしてよ」

「深川の人間が食うもんじゃねえ」

「だって鰻だってこの界隈の堀で捕れるのよ、深川っ子が食してもいいじゃない」

「にょろにょろは、江戸の分限者が食うもんだ」

金兵衛は鰻料理より値段を恐れていたのだ。

「大家さんよ、どてらの金兵衛さんよ」

と戸口で女の声がした。

金兵衛長屋の住人左官の常次《つねじ》の女房のおしまの声だった。

「おしまさん、どうしたの」

　おこんが立ち上がって戸口に向った。

「棒手振《ぼてふ》りの魚屋駒吉《こまきち》がさ、鰯《いわし》なんぞ売れ残った魚をぜんぶ買ってくれてんだがね、どうしたもんかね」

「買って長屋じゅうで花見気分てのはどう、お父っつぁん」

「よし、男衆《おとこし》に一杯飲ませてやるか」

　と話が決った。

「おしまさんよ、売れ残った魚をさばかせたら、棒手振りをうちに寄越しな。魚代は金兵衛のおごりだ」

　と金兵衛が威張って、

「おや、まあ、ケチで有名な大家さんたら、珍しいことがあるもんだね」

　とおしまが大声上げて、長屋に戻っていった気配がした。魚を見に行ったおこんが家に戻ってきて、

「お父っつぁん、鰻が売れ残りの鰯やサンマに変わったわね」

「まあ、六間堀の住人としちゃ、贅沢は鰯、サンマどまりだな」

　と金兵衛が巾着《きんちゃく》を手におこんに代わって表に出ていった。

金兵衛長屋は西側に四軒九尺二間の長屋が並び、溝板《どぶいた》を挟んで東側に三軒あって向き合っていた。このうち、西側の三つと東側の二つは何十年来の住人だ。だが、西と東の長屋一軒ずつには住人が入ってもなぜか直ぐに変わった。

金兵衛としては七軒埋まって差配としての役目が果たせる。

関八州から逃散者が江戸に流れ込んでいた。だから、深川界隈の長屋に訪ねてくる者はいたが、金兵衛が相手の様子を見て、

「こやつは厄介《やっかい》をかけるな」

とか、

「店賃を溜めそうだ」

と推測すると、

「空いた部屋は確かにございます。けどね、先約がありましてな」

と断わる。

それほど金兵衛が人柄を見て住まいさせたにも拘《かか》わらず、なぜか定住しなかった。次々に住人が変わった。ただ今の金兵衛の頭痛のタネだった。

「御免くだされ」

金兵衛の家の戸口にのそりという感じで、髭《ひげ》だらけの大きな浪人者が立ってい

た。背中には大きな風呂敷包みを負っている。長い道中をしてきたことが一目で分かった。

「なんぞ御用ですかな」

「大家どのだな」

と質《ただ》した。

朴訥《ぼくとつ》な言葉遣いで金兵衛は訛《なま》りから察して、陸奥《むつ》あたりの出と思った。

「いかにも大家とも差配とも呼ばれるどてらの金兵衛です。なんぞ私に御用ですかな」

差配の家の前に江戸者ではない浪人が立っていれば、空き長屋はないかの問い合わせに決まっていた。金兵衛はそんなことは承知の上で聞いた。

「こちらのお長屋は差配どのも住人もいたって親切だと、この界隈の方々が口を揃《そろ》えられる。さようなわけで、それがし、もし空店《あきだな》があれば、住まわせてはくれまいかと考えて、かようにお訪ねした次第にござる」

汚れた衣服や蓬髪《ほうはつ》にしては言葉遣いが丁寧だった。

「空長屋はございますがな、先約がございましてな」

「と、申されて風体《ふうてい》のよからぬ人間にはお断りなさるそうじゃな。それがし、曽《そ》我蔵之助《がくらのすけ》と申す」

と相手が名乗り、

「これ、達子《たつこ》、こちらに参って差配どのにご挨拶《あいさつ》いたせ」

と後ろを振り返った。

髭面《ひげづら》の大男に連れがいた。それも赤子を抱えた女房で、こちらは古浴衣《ゆかた》を打掛にしていた。この時代、旅する女衆《おんなし》は乾いた馬糞や土埃《つちぼこり》が飛ぶのを避《よ》けて旅衣の上に羽織っていた。

「それがし、下野にて奉公しておったが、いささか曰《いわ》くありて浪々の身になり、江戸に出て参った。こちら辺りにも関八州から大勢の逃散者が入り込んでいるのも承知じゃ、なんとかこちらに住まいさせていただきたい。いや、当座の店賃は所持しておる。一月《ひとつき》ならば前払いしてもよい」

「と、申されても先約がございましてな」

と金兵衛が言ったとき、達子と呼ばれた女房の腕のなかの赤子がおしめを濡らしたか、お腹《なか》が空《す》いたか、
わああっ
と泣き出した。

「どうしたのよ、お父っつぁん」

とおこんが奥から出てきて、

「赤ちゃんが泣いているじゃない。ほら、お父っつぁん、どいて、お内儀《かみ》さんと赤ちゃんを部屋にあげて」

とさっさと指図して、旅の母子が差配の家の板の間に遠慮がちに上がった。

金兵衛と浪人の大男はその様子をただ見ていた。

二

半刻《はんとき》（一時間）後、金兵衛の長屋の狭い庭で長屋の住人と金兵衛とおこんの親子、それに植木職人の徳三《とくぞう》とおいち夫婦と青物棒手振りの亀吉《かめきち》の間の空長屋に急きょ泊まることになった曽我蔵之助と達子夫婦に二人の間に誕生して五月《いつつき》になる小春《こはる》らが集い、出入りの魚屋から買い求めた、売れ残りの魚と各自が持ち寄った夕餉の菜で、飲み会が催された。

小春はおむつを替えて、母親から乳を飲ませてもらい、機嫌を直していた。近所にも幼い子供がいてその声が聞こえているせいか、小春もうれし気ににこにこと笑っている。

おこんは赤子が機嫌を直したのをみて金兵衛に、

「長屋には空部屋はありませんって追い立てるつもりなの」

と言い出した。

「おまえ、そういうけど先約があるじゃないか」

「それはお父っつぁんの断わるときの言い訳でしょ。『情けは人のためならず』ってよくおっ母さんも言っていたじゃない。曽我様のところは大人だけじゃないのよ、赤子の小春ちゃんもいるのよ。せめて今晩一晩、いえ、深川界隈がどんなところか慣れるまで住まわせてあげて」

というおこんの言葉に押しきられて、三人が長屋の空部屋に住まうことになったのだ。

偶々《たまたま》金兵衛長屋の集いが開かれることになり、そこへ曽我一家も呼ばれ、

「おお、われらも宴にお招きいただけるか。金兵衛どののお長屋の住人はみな親切とこの界隈の人が口を揃えたが、やはり真《まこと》であったな」

蔵之助が素直な気持ちを洩らし、一家三人で集いに加わった。

「曽我様、もうお分かりと思うけど、口うるさいのはうちのお父っつぁんくらい

で、長屋の人たちはみな親切よ」

　おこんが説明した。

「差配の金兵衛どののはむろんのことじゃが、娘御はなんとも賢うござるな」

　と曽我が褒め、

「鳶《とんび》が鷹《たか》を産んだっていわないか、おこんちゃんは鷹ですよ」

　左官の常次の女房おしまが応じた。それに対して、

「おこんちゃんが鷹か。鷹はどてらの金兵衛さんじゃないのか」

　と植木職人の徳三が文句をつけた。

「おお、鷹は差配の金兵衛だな。鷹みてえによ、店賃って得物ばかりを狙《ねら》ってやがる面だよな、あの金兵衛はよ」

　とすでに酒が入り、酔った常次が賛意を示し、その場にいる金兵衛とふと目を合わせた。

「あれ、差配の金兵衛が、いや、金兵衛さんがいるぞ」

「常、今月の店賃はどうなりましたたな」

　と金兵衛が怖い顔で応じた。

「金兵衛さんよ、気持ちよく酒を飲んでいるところだよ、野暮は言いっこなしだ

よ」

水飴《みずあめ》売りの五作《ごさく》が加わり、おこんが、

「曽我様、鳶が鷹を産むってどういうこと」

と話をもとへ戻した。

「うむ、その言葉がどこから出てきたかそれがしも存ぜぬ。じゃが、鳶が鷹を産むというのは、われらのように凡々たる親が優れた子を産み育てるという譬《たと》えだな。つまり差配の金兵衛どのは優れた娘をお持ちということではござらぬか」

「ふーむ、鳶が鷹を産むの意ですか、わたしゃ、そこそこに優れた親ですよ、その親がまあそこそこに孝行な娘を持ったと思ってますよ。それがいつの日か嫁にいくとなると、この金兵衛は独り暮らしになる」

金兵衛が思わず本音をもらし、

「お父っつぁん、昼間、独り暮らしでも大丈夫と、あれだけ威張っていたくせになによ、わたしがいなくなると寂しいの」

おこんがいささか困惑の声音で質した。

「おこんちゃんよ、心配するなよ。おれたち店子がよ、致し方ねえ、鳶だかなんだかの金兵衛さんの面倒を見るからよ、心おきなく嫁だろうが奉公だろうがいきねえな」

　と常次がおこんに言った。

「差配の金兵衛どの、おこんさんは感心な鷹であるが、嫁に行くのはまだ先のことでござろう」

「曽我様、うちの内情はもういいですよ。わたしゃ、独り暮らしなどなんでもございませんよ。店子に世話になるなど以《もっ》ての外《ほか》です。常次のようにお為ごかしを言って、店賃を払うのを滞らせかねませんからな」

「ちぇっ、こっちが折角親切心で言ったのによ、店賃に絡《から》めて攻めてきやがる。いけすかない差配じゃねえか」

「今宵《こよい》の魚の代金はだれが支払いましたな」

「またあれだ。野暮のダメ押しはなしだぜ、どてらの金兵衛さんよ」

　と言った常次が曽我の茶碗《ちゃわん》に貧乏徳利の酒を注ぎ足しながら、

「浪人さんは野州《やしゅう》からの逃散かえ」

「それがし、いかにも下野《しもつけ》国のさる藩の下士であったがな、いささか曰くがあって、江戸で心機一転暮らしを立て直そうと出て参った」

「無断で藩を抜けるのを脱藩っていうんだよな」

青物の棒手振りにして独り者の亀吉が言った。

「いかにもさよう。されど、それがしの場合、藩の出先役所にいてもいなくても分らぬ程度の身分でな、それがしが居なくなっても藩のだれもが気にとめますまい」

金兵衛はその曽我の返答に一抹《いちまつ》の疑義を抱いた。百姓の逃散ではないのだ、仮にも二本差しが藩を抜けるとなると厄介ではないかと思った。

「ふーん、お侍さんよ、江戸で仕事を探す気か」

「そうじゃな、奉公先が見つかればよいがな、江戸じゅうに関八州から逃げてきた逃散者がおるで、直ぐには見付かるまい」

「曽我様、なんぞ手に技をおもちですかな」

と金兵衛が質した。

「差配どの、それがしの藩在中には藩の御用林を保持して山歩きをしておった山《やま》守《もり》でな、大した技はないな。力仕事ならばできぬことはあるまいが」

「浪人の力仕事ね、この界隈にもそんな連中がいくらもおりますよ、よほどの覚悟がいるね」

と付け木売りのおくまが言った。

金兵衛は、おこんに言われて空長屋に差し当たって住まわせることにはしたが、内心、えらい店子を抱えたなと困惑していた。と、同時に最初に会ったとき、店賃は、

「一月ならば前払いしていい」

と言った言葉は、一夜の宿が欲しくて吐いた虚言かと思った。人柄は悪くはなさそうだが、大家とか差配とか呼ばれる職に店賃が滞るのが一番困ることだった。

（どうしたものか）

と茶碗を手に思案した。

「お父っつぁん、わたしがもしよ、いつの日か奉公に出るとするじゃない。独り暮らしができないの」

おこんがなにか魂胆があってか最前の話を蒸し返した。

「おこん、安心しな。おまえの奉公先はこの界隈だろうが、箱根山の向こうに奉公に行く話じゃねえよ」

親子の問答におくまが、

「おこんちゃん、しばらくの間は油断ならないよ。川向こうだろうがこの界隈だろうが、金兵衛さんが奉公先を覗《のぞ》きにいくよ」

おくまの言葉におこんが両眼を見開いて、

「お父っつぁん、そんな真似《まね》しないわよね。わたし、困るわ」

と父親を睨《にら》んだ。

「おくまさん、なんてことをいうんだよ。深川六間堀界隈で仮にも二つ名のどてらの金兵衛ですよ。まだどこに行くとも決まっていない娘の奉公先を覗きにいくだなんて」

「考えてないのかい」

おくまの念押しに金兵衛が黙り込み、

「少しだけ思わないじゃない」

と本音を洩らした。

「おこんちゃん、心配しないでいいぜ。おれたちがどてらの金兵衛さんを見張っているからよ」

と左官の常次が手で制する真似をした。

「常、なんの真似する気だ」

「だからさ、おこんちゃんが奉公が決まった日からよ、金兵衛さんの腰に縄つけてな、三つ四つ鈴をぶら下げさせてよ、ちゃりんからんと音をさせてよ、長屋じゆうが見張っているってことよ」

と常次が言い、突然、それまで一言も喋《しゃべ》らなかった達子が赤ん坊に乳を飲ませながら、
ほっほっほほ
と声を上げて、

「おまえ様、よいお長屋でございますね」

と亭主に笑いかけた。

「いかにもよいお長屋じゃ。達子と小春、出来ることなれば末永くご厄介になりたいがのう」

と曽我が女房に応じた。

「まあ、こんなケチな長屋だ。差配はなんだが、店子はみな親切のかたまり。おこんちゃん、差配の納戸部屋にな、夜具があったな、鍋に器、勝手の道具はひと揃い揃うな」

常次が金兵衛の言葉をとって、最後はおこんに夜具や炊事道具の手配まで思い出させた。

「心配しないで。もう板の間に揃えてあるから」

とのおこんの言葉を最後に夕餉の集いは五つ半（午後九時）時分に終わった。

宴の後片付けをする女衆を横目におこんが差配の家に用意してある夜具二組を曽我の長屋に持ち込んだ。

長屋では店賃が払えず逃げ出す者が家財道具を残していくことがあった。そんな夜具は万が一に備えて、長屋じゅうの女たちが手入れして差配の納戸部屋に仕舞ってあった。その他、一家が煮炊きできる程度の暮らしの道具は揃えてあった。家持の上総屋が鷹揚《おうよう》にも金兵衛に長いこと、差配の仕事を任せたおかげで、このような予備の家財道具が揃っていたのだ。

「お借り申す」

おこんが運んでいった家財道具を曽我が有難く受けた。

「お侍さん、こんな長屋なの、深川はお城のあるあちら側とは違って、口でいうほど悪いところじゃないと思うわ」

おこんが去り際に言った。

「おこんさん、差し障《さわ》りがあったらお詫《わ》びします。差配にはお内儀《ないぎ》は、いえ、おこんさんの母御はおられませぬか」

「ああ、わたしのおっ母さんね。一年近く前、流行病《はやりやまい》のコロリで死んだの」

「これはしたり。いきなりその問いは無遠慮じゃぞ、達子」

　と曽我が叱《しか》ったが、

「曽我様、達子さん、気にしないで。二、三日前もおっ母さんの墓参りにお父っつぁんと行ってきたの、なんとか親子で気持ちが落ち着いたところよ」

　とおこんが応じた。

「おこんさんはとても十四歳とは思えませんね、おまえ様」

「いや、かように賢い娘さんをそれがしは知らぬ。そなたなれば、もしそなたがどのようなお店《たな》に奉公に出ようとも重宝されよう」

　達子のおこんを見る眼差《まなざ》しは母親の、いや、歳の離れた姉のそれだった。

「わたしが案じているのはお父っつぁんのことです。もし、曽我様がうちの長屋に住まわれることになるのならば、お父っつぁんの面倒をお願い申します」

「おこんさん、その言葉はわれらが願うべき言葉じゃ。むろんこの長屋に住まうことになったら、差配どの、住人ご一統の力になれるよう努める覚悟じゃ」

　と曽我がいい、

「とはいえ、直ぐに奉公に出ると決まったわけじゃないの。当分六間堀界隈にいます。なにか分からないこととか、足りないものがあったら言ってください」

「おこんさん、この夏の暑さに旅をしてきて小春が汗疹《あせも》を生じさせています。湯屋がどこかお教えください」

と達子がおこんに聞いた。

「容易いわ、明日、わたしが六間湯に案内《あない》するわ。小春ちゃんといっしょに八兵衛《はちべえ》親方の湯屋に行きましょう。五つ（午前八時）時分でいいかしら。うちのお父っつぁんは六間湯の一番手争いの常連なの。どこぞの隠居に一番手をとられたなんて、ぷりぷり怒りながら戻ってきた朝は、どてらの金兵衛じゃなくて小言金兵衛が一日じゅう続くわね」

とおこんが説明し、

「それがし、差配どのの朝湯に付き合おう。そう差配どのにいうてくれぬか」

はい、と返事をしたおこんが、

「小春ちゃん、また明日ね」

と初めて金兵衛長屋に泊まる一家に別れの挨拶をしようとすると、

「おこんさん、差配どのにそなたらが湯屋に行った時分に店賃を支払いに参りたいと伝えてくれぬか。おお、そうじゃ、それがし、差配どのといっしょに湯屋に行くのであったな、わしから話そう」

「分かりました」

おこんが敷居をまたいで木戸口に向かいながら、

（おっ母さん、また新しい住人が増えたようよ）

と胸の中の母親に話しかけ、

（落ち着いてくれるとよいのだけど）

と差配の仕事を案じた。


翌朝の五つ時分、おこんが達子と小春親子を誘い、六間湯に行った直後、

「差配どの、最前は湯屋で世話になった。今朝は一番湯でようござったな」

と声がして、用意してあった朝餉《あさげ》を独りで食した金兵衛の家を曽我蔵之助が訪ねてきた。二人で行った一番風呂のあとのことだ。

「昨夜《ゆうべ》はお長屋に泊めていただいたうえに、夕餉まで馳走《ちそう》になり、感謝の言葉も思いあたらぬ。本日は改めてお願いに参った」

「最前朝湯をいっしょしましたな、その折り、話をすれば済んだことですよ」

「湯屋などで長屋をお借りする話はできませんぞ、他の客もおられましたからな。ともあれ改めてお聞き申す。お長屋に住まわせて頂くのは無理かのう」

曽我の丁寧な頼みに金兵衛がしばし間をおいて、

「いえ、お貸ししますよ」

と鷹揚な態度で言った。

「おお、お貸しくださるか」

「おこんが小うるさいでね、お断りできません」

「おこんさんのお蔭《かげ》でござるか、助かった。で、差配どの、まずは家賃じゃが、一月分五百文でよかろうか」

曽我は懐から手造りと思える古びた革製の財布を出した。

「江戸の店賃も場所次第でございましてな」

「なに、一月五百文ではござらぬか。あまり高い値は払えぬがな」

「お城のあるあちら側と深川では店賃も違います。あちらがわの裏店は、五百文から六百文しますすな。大川の東側の本所深川は安うございます。ちなみにうちは一月三百六十文です」

「おお、三百六十文とな、助かった」

と革財布から一分を出した。

「曽我様、うちは十日ずつ頂く仕来《しきた》りでございましてな、百二十文頂戴いたします、一朱があれば釣をお返ししますがな」

「われら、夜具から勝手の道具まで借りておる。あの借り賃はどうなりますな」

と曽我が尋ね返した。

「差配は長屋を借りてもらってなんぼの仕事でございましてな、前の住人が残していった夜具の貸し賃は入っておりません」

「無料ということでござるか」

「いかにもさようです」

「重ね重ね恐縮至極にござる」

古びた財布に一分を戻した曽我が代わりに一朱を差し出し、

「釣を頂戴いたすより、これで二十日分の店賃にはなりませぬかな」

「一朱だとおよそ二十日と半日分ですね、ようございましょう」

金兵衛は一朱を受け取り、用意していた証文を曽我に差し出しながら、

「いささかお話がございます」

と言い出した。

「どのようなことかのう」

「まずは上がりかまちにお座りになりませぬか」

金兵衛の指図に従い、曽我が上がりかまちに腰を下ろした。

「曽我様、藩を脱けたと昨夜申されましたが事実ですかな」

「なにか疑義がござろうか」

「そなた様の篤実な人柄を疑うわけではございません。江戸には秘め事があって、お出になったということはありませぬかな」

金兵衛の問いに曽我はしばし沈黙した。そして、

「真のことを話せばこのお長屋に住むのをお断りになるやもしれぬ」

こんどは金兵衛が沈思した。

長い沈黙のあと、

「すでに二十日と半日分の店賃を頂戴しています。断わるなどということはありませんぞ」

「相分かった」

おこんたちが六間湯から戻ったとき、金兵衛と曽我の話し合いはすでに終わっていた。

三

「どうしたの、なにを考えているの」

朝湯から戻ったおこんはなにか思案する風の金兵衛に尋ねた。

「うむ」

と返事をした金兵衛が、

「ちょいと急な用事を思い出してな、小半刻ほど出てくる」

「どこへいくのよ」

差配の仕事ならばおよそおこんに、

「家持の上総屋に行く」

などとはっきりと告げる金兵衛が曖昧《あいまい》に言い、おこんの問いにも答えなかった。

「どうしたの」

「ちょいと訪ねたいところがあるのよ」

と繰り返した金兵衛がそそくさと出ていった。

おこんは、「妙なの」と思いながら、ふと思いついて店賃を書きとめた帳簿を見た。すると曽我蔵之助から二十日と半日分の一朱が入金したことが認《したた》められていた。

「そうか、お父っつぁんたら、曽我様方の長屋住まいを認めたのね」

おこんはどことなく安心し、となるとお節介やきの金兵衛が曽我の仕事のことを案じて心当たりに訪ねていったのではないかと思った。

金兵衛は長屋に住みたいと訪ねて来る人の吟味は結構厳しいが、いったん住まわせることを決めたら、あれこれと面倒を見た。

「どてらの金兵衛はお節介やき」

と長屋の住人に揶揄《やゆ》される理由だ。

(きっと曽我様の仕事先のことで六間堀界隈をうろついているのね)

とおこんは考えながらも、

(ならば娘のわたしにいうがいいじゃないの)

とちらりと訝《いぶか》しく考えた。


そのとき、金兵衛は深川元町に一家を構える御用聞き佐吉《さきち》の家を訪ねていた。

佐吉は南町奉行所の定廻《じょうまわ》り同心木下三郎助《きのしたさぶろうすけ》の手札をもらって、深川界隈を縄張りにしている篤実な十手持ちだ。

「おや、金兵衛さんじゃないか。おこんちゃんがどこぞに奉公に行くことが決まったかね。独り暮らしになって寂しいてんで、おのぶさんの後釜《あとがま》を探しに見えたか」

と佐吉が珍しく冗談を言った。

「親分、そうじゃないよ。うちの長屋にさ、浪人さん一家が昨日転がり込んできたんだがね、そのことで親分の知恵を借りたいのさ」

「おや、御用の筋か」

「御用の筋かな」

と金兵衛が首を捻《ひね》った。

「ならばよ、浪人一家を金兵衛さんの長屋に住まわせたはいいが、厄介のタネと気付いての相談かえ」

「うむ、厄介は厄介だが、子連れの浪人曽我様は人柄のよさそうな御仁なんだよ」

と金兵衛が応じた。

「じゃあなんだ、話してみねえ。おれで役に立つことかね」

佐吉の言葉にしばし間を置いた金兵衛は、曽我から話を聞いたあと、この一件だれに相談すればよいか思いあぐねた末に、御用聞きの佐吉を思い付いたのだ。

「曽我蔵之助様と内儀の達子さんですがね、下野のさる大名家の山守を代々勤めていた家来だそうだ」

「山守か、大名家の家来ともいえねえような身分だな」

「ああ、下士ですよ、一家が生きていく程度の給金だと」

給金は一両二分。その代わり家が与えられ、城下から遠く在所ゆえに自給自足の暮らしができた、と金兵衛に己の身分と暮らしを正直に曽我は伝えていた。

佐吉はさらりと金兵衛に念押しして質した。

「さる大名家とはどこのことだ」

「それがよ、どうしても言いたくないそうだ」

「そりゃ、相談ごとにもならないぜ。待てよ、お節介やきの金兵衛さんが中途半端な聞き方はしめえ、聞き出したんだろ。言いねえな、悪いようにはしねえよ。おれで手が負えないんじゃ、木下の旦那《だんな》に相談するからよ」

しばし金兵衛が考え込んだ。

「やっぱり親分さんに中途半端の相談はいけないかね。この一件、曽我蔵之助の旦那の許しをとってないんだがね」

「そうはいいながらも案じたからうちに来たんだろうが」

「そういうことだ。だがよ、長い話になるぜ」

と応じた金兵衛が、最前聞いたばかりの話をぼそりぼそりと始めた。

なにしろ下野国が関八州の一と承知の金兵衛だが、下野がどこ辺りにあるのか知らなかった。

「親分、下野国に黒羽藩《くろばねはん》という外様《とざま》大名があるのを承知かえ」

「そりゃ、遠方だな。下野国は陸奥国とほぼ境を接していらあ、江戸から四十里近くあるんじゃないか。ということは下野国では江戸から一番遠い外様大名だな。黒羽藩大関《おおぜき》家は大昔からあの辺りの豪族那須《なす》一族七人衆の一人だな。それで徳川様の御世が始まって以来、慶長《けいちょう》年間以来の外様大名大関家一万八千石だ。貧乏小名の一つだが、出自は立派だよ」

佐吉はすらすらと曽我が関わりのあった大名家の知識を披露《ひろう》した。ついでにいうならば大関家は徳川幕府開闢《かいびゃく》から幕末まで転封もなくこの地に安堵《あんど》された珍しい大名だ。

「親分は関わりがあるのか」

「ないな。だがよ、わっしの仲間が大関家の三ノ輪の下屋敷に出入りしていてな、ちょっとした騒ぎをわっしも手助けしたから、その程度のことは承知だ」

「親分方はよ、大名家にも出入りなさるか」

「公には大名家の監督は大目付だ。だがよ、大名家の家来がすべったのころんだのなんて、ばか騒ぎを大目付に願ったらよ、その程度のことも藩内で始末がつけられないかって叱責を食らうことになる、ひどいときは藩が断絶の憂き目に遭《あ》う。そこでよ、わっしら町方が密《ひそ》かにカタを付けるわけよ。うちの出入りはこの界隈の仙台堀の下総関宿《しもうさせきやど》藩久世《くぜ》様の下屋敷なんぞだな」

「親分は大名家の用人なんぞの扱いを心得ていなさるというわけか。ならば曽我様から聞いた話を親分にすべて伝えるよ」

「おお、だからよ、最初から話しねえな」

「曽我蔵之助一家三人がだれに聞いたか、うちの長屋に空部屋はないかと現れなすったのは昨日のことだ」

と前置きした金兵衛は長屋を訪ねてきた経緯から話し始めた。

佐吉親分は長火鉢の前で腕組みして聞いていた。

「親分、最前も言ったが曽我様は山守なんてよ、名からしてよ、黒羽藩のお偉いさんではないやな。当人がいうんだが、刀を差した杣人《そまびと》だってな。領地内の山方の長屋に住まいして、親父さんから受け継いだ職種を続けてきたそうだ。御用てのが山廻りをしてよ、檜《ひのき》や杉の育ち具合を見ては、伸びすぎた枝払いなんぞの作業を杣人らといっしょになってこなしてきたんだとよ」

　金兵衛の話は肝心要に一向に触れようとはしなかった。だが、佐吉は気長に金兵衛の話に付き合った。

「親分さんよ、黒羽藩の特産物を承知かな」

　不意に金兵衛が佐吉親分に問うた。

「わっしが黒羽藩の下屋敷の一件に付き合ったのはただの一度だけだ。陸奥に近い遠国の大名の特産がなにかまでは知らないな」

「材木、明礬《みようばん》なんぞだそうだ」

「ほう、曽我様の関わりがある山守仕事の材木が特産かえ。されど、江戸には遠いな、運んでくるのが難儀だな、となると江戸では売れない」

「さすがは親分だ、見通していなさる」

　と一息ついた金兵衛がふたたび説明を始めた。

二年ほど前、作事奉行と山奉行を兼ねた法師寺内蔵助《ほっしじくらのすけ》一行が城下の材木問屋常陸屋の番頭を連れて山廻りをした。その折り、山守曽我も案内方として同行した。

「立派な檜にございますね、杉もよく育っておりますよ、お奉行様」

と番頭が揉《も》み手をした。

「されど木を伐り出しても、城下まで運べんでは如何《いかん》ともしがたい」

「ちょっと相談がございましてな」

番頭と作事奉行と山奉行を兼ねた法師寺がこそこそと内談をした。

その年のうちに檜が曽我らの手で伐られて谷間の流れに落とされた。

曽我はどうして城下まであの大きな材木を運び出すのか案じた。だが、藩の重臣の法師寺に直《じか》に口を利く身分ではなかった。

この界隈の大きな流れは那須岳の山麓を源流とする那珂《なか》川だ。那珂川は下野国を南東に流れて常陸国の大洗で太平洋に流れ込む、総延長三十七余里(およそ百五十キロ)の大河だ。清流でもあり、サケも遡上してくる。ただし、上流部において流れの大半が伏流水になり、材木を流すほどの水勢はない。

城下までどうしてあれだけ大量の材木を流れにまかせて運ぶのか、曽我蔵之助は訝しく思った。

翌年の梅雨の時節、那珂川の水面が上昇した折り、伐り出しておいた材木が一気に姿を消した。

「さすがに黒羽の材木問屋常陸屋かな。城下まで一気に運び込みおったか」

と感心した。

山守は山の木々の育成を見守るのが仕事だ。城下でなにが起きておるか、一切与《あずか》り知らない。

そんな折り、山守仲間の妹の達子と城下で見合いをすることになり、何年かぶりに黒羽城下に出た。

材木問屋に奉公しているという達子は、曽我にはもったいないほどの女子《おなご》衆《し》であった。

「それがしは山守でござる。山暮らしが四季を通して続く。達子さんはそんな暮らしに耐えられるかな」

「私も山守の娘です、兄はご存じのように曽我様の同輩です。黒羽城下のお店に奉公していましたが、私にはお店奉公より山暮らしが気兼ねなく穏やかに過ごせます」

というので蔵之助と達子の婚姻が急に決まり、黒羽城下で内々の細やかな祝言《しゅうげん》のあと、二人は山守の住いである山に戻ることになった。

その帰路のことだ。

「そなた、黒羽城下のお店に奉公していたというたな」

「はい」

「どこかな」

「材木問屋の常陸屋文左衛門《ぶんざえもん》様方の奥向きです」

「なにっ、藩の御用達の材木問屋か。そなたを嫁にと言い出された奉公人がおらなかったか」

「私は城下の暮らしは嫌いでございます」

と言い切った達子に、

「格別な曰くがあってのことかな」

と遠慮げに質し、

「いや、口にしたくないことならば話さんでよい」

と慌てて言い足した。達子ほどの女性が己の女房になるなど曽我は信じられなかったのだ。

達子はしばらく沈黙したまま、草鞋《わらじ》の足を運んでいたが、

「蔵之助様、そなた様方が育てた材木がどちらに運ばれたかご存じですか」

　と問い返した。

「なに、伐り出した材木はむろん城下であろうが」

　達子はまたしばし間を置いた。

「城下に運ばれ、御用達の常陸屋を通してどこぞに売られて、藩の勘定方を潤《うるお》したのであろう」

　曽我蔵之助の言葉に達子が首を横に振った。

「どういう意かのう、その仕草は」

「曽我様方が育てた材木は一本として城下に、常陸屋に運ばれてはおりません」

「どういうことか」

　足を止めた蔵之助が達子を質した。

「材木は流れに乗って筏師《いかだし》の手で常陸国大洗というところまで運ばれたそうです。常陸屋の奉公人ならば全員承知のことです」

「大洗は水戸様の外湊だでな。で、その先はどうなる」

「大洗は外海に面しているそうですね、そこから江戸に運ばれると材木の値が黒羽城下で売り買いされるより何倍にもなるそうです」

「驚いたな」

と蔵之助が絶句し、

「藩は大儲《おおもう》けをいたしたか。藩財政が苦しいと聞いたゆえよき話ではないか」

と言い足した。

達子が黙り込んだ。

「それがし、なんぞ勘違いをしておるか」

「曽我様は、城中で『公知衆《こうちしゅう》』と呼ばれる格別な身分の家系があるのをご存じですか」

と達子が話柄を変えた。

「いや、知らぬ、恥ずかしながらそれがしは一介の山守に過ぎぬ。城中のことは全く存ぜぬ」

「徳川様の幕府が江戸に定まった折り、大関氏は二万石を許されたそうですが、このうち二千二百石分は大関氏の重臣五人への公儀からの給与地にございますそうな。作事奉行と山奉行を兼ねられた法師寺内蔵助様は、ある『公知衆』一家の娘婿《むこ》とか」

達子の知識はいささか事実と反する。公知衆の主導役金丸《かなまる》一族らは、すでにおよそ百年も前に大関家から立ち退いていた。だが、法師寺一族は未だ公知衆と関わりがあるかのように藩内で振る舞っていた。

「達子さんはよう承知じゃな」

蔵之助は話がどこへ飛ぶのか分からないままに質した。そして、里道から山道を歩き出した。達子も蔵之助の少しあとを従いながら、

「奥向きの御用を勤めておりますと、聞かなくともよいことまで耳に入ります」

と言い訳した。

「そうか、藩の御用達の常陸屋の奥向き奉公とはさようなものか」

蔵之助は達子の苦々しい言葉にそう応じて、

「それで城下の暮らしが嫌になり、山に戻るか」

と念押しするように質していた。

「勘違いなされては困ります。私は曽我様の純真無垢なところが大好きなのでございます」

「山で木々を相手にしておると、人間嫌いになってしまう。そんなそれがしのところに嫁にくるなど、達子さんは変わり者じゃぞ」

「はい、変わり者にございます」

と素直に答えた達子が、

「曽我様方が育てた材木は一本として藩の勘定方を潤しておりませぬ。常陸屋と法師寺様方の懐を肥やしただけにございます」

との言葉にいきなり蔵之助が足を止め、振り返った。

「達子さん、そなた、言うておることが分かっておるか」

「はい。黒羽藩の家臣の女房ならば、ましてや常陸屋の奉公人であった私がお店の不正など告げ口をしてはならぬということも承知にございます」

蔵之助の頭が千々に乱れた。

「私の言葉に疑いをお持ちならば、今年の梅雨どきにお分かりになります。ふたたび作事奉行にして山奉行の法師寺様が山の見廻りに参られましょう。曽我様、奉行が二年続けて山廻りなどこれまでございましたか」

達子の詰問にしばし間を開けた蔵之助が、

「ないな、一度としてなかったな」

と答えた。

「……金兵衛さん、その先は察せられるぜ」

と佐吉親分が言った。

「今年、ふたたび黒羽藩の重臣と御用達の木材問屋が組んで動いた、江戸で本来藩に入るべき材木の売上代何百両を懐に入れやがったんじゃないか」

「一言でいうとそういうことだ。曽我蔵之助さんはよ、妻子を伴い、江戸に確かめに来られたとさ」

「黒羽藩の江戸藩邸に二人の悪党を手助けしたものがおらねばならぬ。また江戸の木材商も一枚噛《か》んでいるかもしれねえな」

「それがはっきりとしないそうだ」

「そいつを摑《つか》めば藩のなけなしの財産を勝手に売りはらい、私腹を肥やしたことがわかるってわけだ」

「そういうことだ」

「曽我蔵之助さんだがな、山守の給金でよく江戸までの路銀が得られたな」

佐吉が疑問を呈した。

「曽我家の代々の給金は一両二分」

「なに、江戸の女中奉公の半分以下かえ」

「その金子《きんす》を代々こつこつと貯めた十数両、それに達子さんが常陸屋に奉公していたときの給金が数両ありましてな、その金子をこたびの所業を明らかにするために使うことは厭《いと》わないとよ。親分、こんな夫婦が明和の御世にいるんだね。おれたちが住む深川の一角には木場がある、大火事なんぞあれば木場の材木で普請《ふしん》ができる。それをこやつら、てめえ勝手に懐にしまい込むなんて許せないよ」

「分かったぜ」

「親分、手はあるか」

「こいつはな、町方じゃどうにもならない。大名を監督差配するのは大目付だ。だが、その前に黒羽藩の江戸藩邸の重臣と、むろん、法師寺内蔵助なんて野郎の一族郎党とつるんでいやがる一味を洗い出すには信頼できる重臣に話を聞く要がある。しばし時を貸してくれないか、金兵衛さん」

佐吉の言葉に金兵衛は、目処《めど》が立ったとようやく顔が和んだ。

「親分、黒羽藩の九代目の殿様、大関、なんといったかな、そうだ、大関伊予守増輔《ますすけ》様だそうだ」

と言い添えた。頷いた佐吉が、

「ただ今の殿様だがな、江戸藩邸に居られる」

「ならば殿様に訴えれば事が済むな」

「それが金兵衛さんよ、殿様は幼いと聞いたな、たしか」

「幼い殿様なんてありかえ、親分」

「父親の殿様が若くして急死した折りなんぞに幼い子が跡目を継ぐことはあるそうだ。そんなことより、これだけの調べを曽我夫婦だけでなしたわけではあるまい。仲間がいるならば、そのあたりから敵方に洩れないか」

「おお、そのことだ。山守って仕事は黒羽城下とは拘わらなくとも暮していけるそうだ。だが、曽我様な、法師寺某と常陸屋に曽我様一家の江戸行がいつかは知られると覚悟をしておられる。道中も法師寺一族の刺客に狙われるんじゃないかと、案じてきたとよ。これからもいつ江戸に刺客の一行が姿を見せてもおかしくないと思案しているとよ」

「金兵衛さんよ、わっしが木下の旦那と話す前に曽我様夫婦と話したいな」

佐吉の注文に金兵衛は大きく頷いた。

四

おこんは、曽我一家を朝餉と昼餉《ひるげ》を兼ねた食事に招いた。いくら鍋釜があっていもまだ米もなければ、味噌野菜もない。それに金兵衛はいずこともいわず出ていったままだったからだ。

「恐縮にござる」

と言いながら姿を見せた曽我夫婦に膳《ぜん》を出した。が、達子は、

「おこんさん、食事を馳走になる前に仏壇にお参りさせてくださいませぬか。おこんさんの母御にお礼を申したいのです」

「仏間というほどではありませんが、こちらの部屋です」

おこんが金兵衛の寝所でもある六畳間に案内すると手を合わせて、

「なむあみだぶつ
なむあみだぶつ」

と十念を唱えると、

「達子さん、お願い申します」

と仏壇の前を譲った。そして、おこんは小春を抱いた曽我蔵之助の所へ戻った。

達子の姿は襖《ふすま》の陰で見えなかったが、熱心に小声でなにかを訴えるように経を唱えていた。読経は長かった。が、不意に終わった。ふたたび姿を見せた達子の顔に安堵の表情があるのを認めた。

その折り、おこんは達子が自分の姉のように頼もしく思えた。

食事をしながら話を聞いて曽我一家の道中が想像した以上に大変であったことをおこんは察した。

「いえ、私たちよりおこんさんにはほとほと感服いたします。その歳で一家を支えておられます」

おこんは母親のおのぶに十歳前から三度三度のご飯を仕度することくらいは教え込まれていた。ゆえに鯵《あじ》の干物、里芋の煮付け、それに豆腐とねぎの味噌汁に香の物をご飯に添えて膳で二人に供していた。

「おこんさんは亡き母御様の代わりをその歳で十分に立派に務めておられます。ほんとうに頭が下がります」

達子が言葉を重ねた。

「深川辺りの娘はこの程度はだれでもできるんです。なにしろこの界隈の裏店は貧乏の子だくさん、夫婦で働いている一家もいくらもいるの。だから妹や弟の面倒は兄ちゃんや姉ちゃんがみるのは当たり前、ついでに他所《よそ》の子のこともね。深川はお城のある川向こうと違って人情ぶかいんですって」

とおこんが応じると、

「おこんさんのところはおこんさん一人よ、母御がようも躾《しつ》けられました」

と褒めた。

「おっ母さんはわたしも近所の子も拘わりなく悪いことすると叱り、よいことすると大げさに褒めたわね」

「よい母御であったな、身罷られるのが早過ぎた」

と言った曽我蔵之助が、

「それにしても江戸は凄《すご》いところじゃな。われら、黒羽での山守暮らしになんの不足もないと思うて生きてきた。だがな、白い飯など食したことはない。それだけでもそれがしは江戸の暮らしが贅沢に思える」

「曽我様、黒羽ではお米は採れないの」

おこんが尋ねた。

「米も採れないことはあるまい。だが、百姓衆が納めた年貢米ではお城の重臣方が食するくらいで、多くの領民は雑穀とか芋、うどんごときものが食いものだ。こちらに厄介になった最初の宵に知ったが、江戸では長屋住まいの職人衆も白いご飯をふだんから食すことができるのじゃな」

山守の暮らしでは米など年に何回どころか、生涯に幾たびか口にできるか、その程度だと曽我が言った。

「江戸ではどんな裏店暮らしでも白いめしだけは食べることができますので。見てごらんなさい、うちの隣屋敷は公儀の御籾蔵でしてな、大川をはさんで対岸には御米蔵が何棟もありましてな、幕府の天領からの御城米、大名諸侯からの領主米、それに米商人の扱う商人米が江戸に集まってきて、その量たるや一年に二百十万石だそうです。この米が札差の手でお金に換えられたり、米屋に売られたりしますのさ。近ごろでは在所より江戸のほうが白いまんまが食べられるてんで、田畑を捨ててこの本所深川界隈に引き移ってきますのさ」

　と金兵衛が説明した。

「贅沢のきわみじゃものな、逃散者の百姓衆が江戸に来たがるわけじゃ」

　と言った曽我が、

「達子、頂戴しようか」

　と合掌して箸《はし》をとった。

「おこんさん、この長屋から離れて奉公にでるのね」

「はい、いつの日かその心づもりです」

「心配ではないの」

「お父っつぁんのことですか」

「いえ、おこんさんのことよ。その歳でお店奉公、決して優しい奉公人ばかりではないと思うけど」

「はい、それは承知しています。達子さんは奉公したことがあるのですか」

「黒羽城下の材木問屋で働いたの。でも、わたし、奉公するよりも山で暮らすほうが安心だった。それで曽我といっしょになり、山に戻ったの」

おこんは達子が黒羽城下でお店奉公していたおかげで、言葉遣いに在所訛《ざいしょなま》りをあまり感じさせないのかと思った。

「そんな大好きな山に戻ったのに、どうして江戸に出てきちゃったのかしら」

おこんが自問するように呟いた。

達子が亭主を見た。

「そのことだ、いささか事情《わけ》があってな」

と曽我が戸惑いの顔をした。

「差配どのにはわれらが江戸に出てきた経緯を話してござる」

「だから、店賃が二十日と半日分払い込んであるのね」

「さよう」

「お父っつぁんたら、その一件をだれかに相談に行ったのかしら」

「なに、差配どのはもう動かれたか」

「お父っつぁんはせっかちなの。でも、曽我さん、安心して、どてらの金兵衛さんはあれこれと知り合いがあるし、信頼できる人にしか話さないからね」

「有難い」

「どんな頼みか知らないけど、うちのお父っつぁんが曽我さんの助けになって働けるといいわね」

おこんは、曽我の頼みがなんとなく仕事探しと早とちりしていた。だが、どうやら曽我夫婦は赤子の小春を連れて江戸へなにか嘆願しにきたか、かなり深刻な事情があるのではあるまいかとおこんは推量した。それ以上のことはまだ十四になったばかりのおこんには思い付かなかった。

話しているうちに朝餉と昼餉を兼ねた食事が終わった。

「曽我様、言っていい」

おこんが茶を入れながら許しを乞《こ》うた。

「なんだな、差配どのの親子はわれらの恩人に等しき人である、なんでも聞いてくれぬか」

「江戸で仕事探しするのならば、頭と髭はきれいにしていたほうがいいわ。今朝方、湯屋に行ったでしょ、そのすぐそばに熊床《くまどこ》って床屋があるの。金兵衛長屋の住人といったら、高い値段はとらないから、さっぱりしたほうがこれから会うかもしれない奉公先の番頭さんの感じも違うでしょ」

おこんは曽我が仕事を探していると思っている風を装い、言った。

「おお、いかにもさよう。いくら下野の山守とは申せ、江戸に出て、この頭髪はないな。うむ、さっそく熊床を訪ねてみよう」

と曽我がおこんが淹《い》れた茶を飲み干すと無精髭《ぶしょうひげ》の顎《あご》を撫《な》でながら立ち上がった。

「達子さん、小春ちゃんのおしめになる古着はおっ母さんの浴衣をふくめてありますよ。見ますか」

「有難いわ」

達子が素直に喜んだ。

おこんはおのぶの着古した浴衣などを入れた行李を持ってきた。

小春は実に大人しい赤子で、朝餉の間も傍らですやすやと眠っていた。道中、落ち着いて湯に入る機会などなかったのであろう、六間湯に浸《つ》かって気持ちがいいのか、眠り込んでいた。

「わあー、おこんさんの母御の着物なの、なかなかの衣装持ちね」

「みな、木綿ものの古着よ。これ、あとで、達子さんの長屋に届けるわ。着られるものがあったら着てください」

「着の身着のままに出てきたでしょ、着替えもないわ」

こざっぱりと見えた袷一枚に古浴衣を打掛がわりに旅をしてきたのか、下野国がどこか分からないおこんにはその苦労が察せられなかった。

おのぶの残した古着を探る達子の手が不意に止まった。

「おこんさん、私たち、この江戸に仕事を探しに出てきたのではないの」

「えっ、どういうことなの」

おこんはなんとなく勘が当たったと思いながらも問い返した。

「もはや曽我が差配さんには話していると思うけど、黒羽藩で悪いことが行われているの。そのことの証《あかし》を探しに出てきたの」

「えっ、曽我様は山守ではないの、お役人かなにか」

おこんの問いに達子が首を振り、

「いいえ、山守よ。藩の御用林をめぐって悪いことをしているさる重臣と御用達商人がいるの、その御用達商人が私の奉公していたお店なの」

「そのために曽我さんたら、達子さんと小春ちゃんを伴って江戸まで旅をしてきたんだ」

「曽我は独りで江戸に出ると言ったけど、私たちは身内よ、死ぬも生きるもいっしょと夫を説き伏せたの」

おこんはしばし達子の言葉を吟味していたが、

「えらいわね、曽我様も達子さんも」

と応じながら、

(この一件でどてらの金兵衛は走り回っているのか)

と思った。

金兵衛が戻ってきたのは昼下がり八つ半(午後三時)の刻限だった。

「お昼ごはんも食べずに曽我様の頼みに走り回っていたの」

「承知か、おこん」

「ちょっとだけ達子さんから聞いたの。江戸に仕事を探しにきたのではないそうね」

「それがえらい話だな。どだい山守がやるこっちゃないよ」

と金兵衛が言った。

「目処が立ちそうなの」

「うーむ」

と長火鉢のある仏間兼寝所に腰を下ろした金兵衛が、

「佐吉親分から町奉行所の木下の旦那を経て、さらに上のほうに行くことになった。曽我さん方の話だけではどうにもならないってのが、町奉行所の返答だ」

「曽我さん方、どうなるの」

「然《しか》るべき役所にこの話が届くかどうか、いや、山守一人の話ではな」

と金兵衛が首を捻った。

「どうするの、どてらの金兵衛さん、川向こうではなんの役にも立たないの」

「まあ、そういうことだな」

「そんな、達子さん方は半年の赤子を連れて江戸まで命がけの旅してこられたのよ。それも自分たちのためではないというじゃない、藩のために命をかけておられるのよ」

「おこん、おまえがどこまで話を聞いたか知らないが、こういうことは確かな証がないと役所は動けないんだとよ」

「曽我さん方、どうなるの。なんのために江戸まで苦労して旅してきたか、分からないじゃない」

「おこん、ここはな、おれたち親子は黙って待つしか手はない。だれよりも曽我様方が焦っておられよう」


夕暮れ前のことだ。

小春を負ぶったおこんは達子を六間堀界隈の米屋、油屋、味噌醬油屋などに案内して回った。

「魚屋、野菜は棒手振りといって、昨日魚を売った駒吉さんのような出入りの売り子がいるの、長屋の女衆と相談すると一文でも安く買えるわ」

「私が知っているのは、黒羽城下といってもお城ではなくて陣屋があるだけの田舎町《いなか》よ、この深川ほどもない。江戸は広いわね」

「わたしだって江戸がどこまであるかなんて知らないもの。深川生まれの女の人は、川向こうの江戸を知らずに死んでいく人もいるんです」

「おこんさんはどうするの」

と達子が尋ねた。

おこんにとって達子は、十歳ほど離れた姉のような存在になっていた。長屋に女衆はいるが、職人の女房で亭主の稼ぎで暮らしを立てているのが大半だ。

達子は下野国黒羽の御用達材木問屋で何年もお店奉公をしていたという。

「お父っつぁんが許してくれたら、奉公がしてみたい。深川六間堀だけがわたしの知る世間ってつまらないじゃない」

「おこんさんは若いけど賢いわ。奉公先はきちんとしたところを選ぶのよ。給金が少し多いとか少ないとか、そんなことは大事なことじゃない」

「達子さんが奉公していた給金の多いお店は悪いことに関わっているのよね。そのことがあってお店を辞めたの」

「おこんさん、うちの曽我にも言いました。まず曽我蔵之助の朴訥な人柄を好きになったのです。それで曽我と所帯を持つといって、お店の常陸屋を辞したのです」

「曽我様ったら、どうして達子さんのお店が悪いことをしているのを知ったのかしら」

おこんは背に負った小春をひとゆすりしてみた。すると小春が、きゃっきゃ、と笑った。小春は実に大人しい赤子だった。

「おこんちゃん、いつ、子を産んだえ。まさか金兵衛さんが外で産ませた子じゃあるめえな」

六間堀を行く荷船の船頭の加蔵《かぞう》が問うてきた。

「船頭さん、わたしの子でもお父っつぁんが外で産ませた赤子でもありません。こちらの達子さんの赤ちゃんよ、うちの長屋に住むんだからこの界隈を案内しているところよ」

「おお、そうかえ。おこんちゃんのことはこの界隈の若い衆がみな狙ってやがるからな、金兵衛さんも気が気じゃねえな」

「そんなことありませんよ」

おこんが答えたときには、荷船は河岸道《かしみち》を歩くおこんたちとすれ違っていた。

「おこんさんは人気者なのね」

「そんなことはありません。この界隈はみな知り合いなんです。だから、声を掛け合うのが礼儀、いえ、お節介なんです」

と言ったおこんが、

「達子さん、女が奉公するとき、一番大事な心構えはなんですか」

「最前言ったわね、確かな奉公先を選ぶことがまず先よ。そのうえで奉公人にとって大事な心構えは、主夫婦やお店に忠誠を尽くすことよ。私が選んだお店は、藩のある重臣と組んでお金儲けをしていた、残念でならないわ。私はおこんさん、何年も務めた奉公先を裏切ったことになるかもしれないわね」

しばらくおこんも達子も無言で歩いた。行く手に山城橋《やましろばし》が見えてきた。

「達子さんはだれも裏切ったりしていないわ。曽我様も材木問屋と組んでお金を儲けている重臣の方も大関の殿様ひとりに忠義を尽くすのよね」

「そう、そうよ」

「ならば達子さんと曽我様は黒羽藩の家来としてやるべきことをやろうとしておられるわ。これこそ大事なことではありませんか」

達子は無言で歩いていたが、

「山守の曽我がなぜ藩を通さない材木の横流しに気づいたと思うの、おこんさん」

「分かりません」

「山守は木は見ても、森も山も見ない仕事なの。曽我も私の兄も山で育つ木が何十年、何百年とかけて育つことだけをみながら黒羽藩の御用を勤めてきたの、それが仕事なのよ」

「はい」

「でも、城下の重臣の一部や御用達商人は、山の木がどれほどに育ち、いつ伐り出せば売れるかしか考えてないの」

「ああ」

おこんが驚きの声を上げた。

「達子さんが江戸に出てきたのは、曽我様に従ってきたんじゃないんだ。曽我様は達子さんの話を聞いて重臣と御用達商人の悪行を知ったということね」

「それだけではないの。曽我は去年から今年にかけて伐り出した材木の動きを追って大洗まで従って、材木の取引きが藩には関わりのないところで行われていることを確かめたの。そのうえで私たちは江戸に出てくることを決意したの」

「達子さんはだれも裏切っていないわ。お城の偉い方がやらなきゃならないことを曽我様と達子さんと小春ちゃんの三人でやっておられるのよ」

と言ったおこんが、

「殿様に訴えてもダメなの」

「おこんさん、山守の身分は百姓衆以下、殿様の御側になんてとても近づけないの」

と達子が哀《かな》し気に応じた。

五

金兵衛長屋の日々が淡々と過ぎていった。

いつの間にか桜は満開を迎えていた。

金兵衛が縄張り内の御用聞き佐吉に願った相談は進んでいるのか、停滞したままなのか分からなかった。

金兵衛は内心いらいらしながら吉報を待っていたが、吉報到来の気配はなかった。

そんな日々、金兵衛と曽我蔵之助の朝湯の慣わしは定着して、山守という自然相手の暮らしをしていたせいか、蔵之助は長屋のだれよりも早起きで金兵衛を迎えにきた。

この朝、金兵衛が風呂仕度で出てくるのを差配の家の門前で待ちながら曽我が木戸口の行き止まりを眺めていた。

行き止まりとはいえ、御籾蔵と旗本交代寄合《よりあい》の五千石木下家の屋敷との間に人ひとりがようやく抜けられる路地が延びていて、新大橋の上流の大川端に出た。この金兵衛長屋界隈の住人しか知らぬ抜け道だ。そんな一見行き止まりと思えるあたりを曽我は眺めていた。

金兵衛がそんな曽我を見て、

「大廻りせずとも大川端に抜けられます猫道ですよ」

と金兵衛が言った。

「猫道な、ようもいうたものだ」

「まあ、この金兵衛長屋の連中くらいしか抜け道を利用する住人はいませんな。六間堀界隈の道に詳しい棒手振りもよほど上手に天秤棒《てんびんぼう》を担いでなければ通り抜けできませんからな」

「まあ、抜けられまいな」

曽我は深川界隈の狭い路地がよほど珍しいのかしげしげと見ていたが、

「武家屋敷の塀の外に立っている松の木はいつ枯れましたな」

と尋ねた。

「ああ、あの枯れ松を見ておられましたか。七、八年前野分が襲ったとき、潮を含んだ風にやられたか、枯れ始めましてな、もはやどうにもなりません。邪魔なだけです。旗本木下家でも枯れ松は見苦しいというておられるが、あちらの敷地ではないで、手が出せんと用人さんがぼやいていますよ」

「そうか、松はだれの所有物でもござらぬか」

と曽我は枯れ松を見て、

「樹齢六、七十年は経《た》っておろうな、実生から育った松ゆえいささか勿体《もったい》のうござったな」

「と申されても枯れた松に使い道はございませんや。といって植木職人を雇って伐るほどのこともない」

「塩害で枯れたというゆえ、他の木に病が移るということはあるまいがな」

「なに、松も病にかかりますか」

「むろんどのような木でも病にかかることがござる。それがしの務めはさような病を防いで、すくすくと育てることでござった」

ほうほう、と返事をした金兵衛が、

「それにしても見苦しゅうございますな」

と言い、ふと思い出したように、

「おお、枯れ松話で時を失した。今朝は畳屋の隠居に一番湯を奪われそうだ」

と慌てて六間湯に二人は向かった。

果たしてこの朝は金兵衛と蔵之助は三番手であった。

「金兵衛さん、今朝はえらくのんびりしておったな」

とかけ湯を使い、石榴口《ざくろぐち》を潜《くぐ》ると畳屋の隠居が得意げに鼻をひくつかせた。

「ちょいとね、うちの前の行き止まりの道の枯れ松の話をな、曽我さんとしていて、つい後れをとった」

と金兵衛が悔やしがった。

「あの枯れ松な、元気ならば行き止まりの猫道の風情《ふぜい》であったのにな」

畳屋の隠居が余裕の口調で言った。

金兵衛と蔵之助はだまって湯船に浸かっていた。すると畳屋の隠居が、

「まだ仕事が見つからないのかい、浪人さん」

がっしりとした体付きで、悠然と湯に浸かる曽我蔵之助に質した。

湯屋では曽我一家が在所で食うに困り、江戸に出てきて仕事探しをしていることになっていた。

「なかなか難しゅうござるな」

「なにか手に職があるといいんだがな、貧乏大名の山守ではそんな特技はないよ

な」

「ござらぬな」

「なんだか呑気《のんき》というか切迫した様子はねえな」

「まあ、一日二日焦ってもしようがなかろう、隠居」

と金兵衛が答え、畳屋の隠居と連れが、

「お先に」

と湯船から上がって石榴口の向こうに姿を消した。

「差配どの、それがしが枯れ松を眺めておったで、一番湯を逃させてしまったな」

「まあ、致し方ありませんな。明朝は暖簾《のれん》のかかる前に湯屋の前に立ち、一番手を畳屋の隠居から取り返します」

と決意を語った金兵衛が、

「枯れ松が気になりますかな」

と蔵之助に質した。

「代々の山暮らしでござる。最前もいうたが木も病にかかる。となるとその病が近くの元気な庭木に移ることもある」

「そりゃ、大変だ」

「それに枯れ木となると野分で倒れることもある。出来ればな、伐ったほうがよいのだがな」

「木下様のところでも敷地外の枯れ木を伐る気は、いえ、金子の余裕はございませんしな、うちの家持も枯れ松を始末する職人を雇うなんて銭のかかることはありえませんな。ということは倒れるのを待つしか手はございませんな」

といつものようにゆっくりと湯に浸かり、二人は六間湯を上がった。湯屋の親方の八兵衛が、

「浪人さんよ、毎朝よ、金兵衛さんの朝湯の付き合いじゃ一文の得にもならないな」

と話しかけ、

「ただ今はよい話が舞い込むのを待つしか策はござらぬ」

と朴訥な口調で曽我が応じた。その上で、

「下野にある時、毎朝朝湯に入れるなど考えもしなかった。江戸の暮らしはなんとも贅沢でござるな」

と言い添えた。

そんな問答を金兵衛が黙って聞いていた。湯屋の帰路、曽我が、

「差配どのの納戸部屋には、いろいろな道具が仕舞ってあるそうですな」

「店賃の代わりにおいていったものばかりでね、手入れもしていませんからね、使える道具なんてありませんよ。曽我さん、なにをする気だね」

「ご存じのようにこちらは暇をもて余しておってな、道具の手入れをすれば退屈もせずに済む、古道具が使えるようになるかもしれませんぞ」

ふーん、と鼻で返事をした金兵衛が、

「納戸のなかを見てみますかえ」

「ぜひ見せていただきたい。なにしろこちらは無聊《ぶりよう》を託《かこ》っておるでな」

「とはいえ、道具の手入れで手間賃は払えませんぞ」

「さようなことは考えてもおらぬ、暇つぶしにござる」

台所にある土間の納戸部屋を曽我が見ることになった。

納戸部屋には古びた行李や職人の道具箱から、鍋釜の炊事用具、木桶の類、なにに使おうとしたかまだ丈夫な麻縄や鍬《くわ》や鎌、それに薪割《まきわ》りに使うのか大斧から小鉈《こなた》、大鋸に鉈まであったが、どれもが錆《さ》びていた。

金兵衛は何年も前、古道具屋を呼んで値踏みをさせたこともあったが、あまり

にも安い値にそのまま売りもせずに放置していたものだ。それらを曽我は喜々とした顔で納戸から持ち出した。

「ほうほう、これはなかなかの宝の山にござるな」

と土間にあれこれと並べる曽我におこんが、

「曽我様、なにをする気なの」

と声をかけた。

「曽我さんはよ、暇つぶしに道具の手入れをしたいと言われるのだ」

そのとき、古びた道具箱から砥石《といし》を見つけた曽我が、

「おお、久しく使われておらぬ砥石がいくつもある。あとは鋸の目立てに使う鑢《やすり》もあればよいがな。うう－ん、黒羽ではすべて貴重な道具じゃがのう」

と感嘆した。

「わが長屋に持ち帰り、手入れをいたす」

「曽我さん、こんなぼろ道具を運ぶだけでもひと仕事だよ。そんなことより、うちの板の間を使って手入れをしなさらぬか」

「なに、差配どの、板の間を作業場に使ってよいか。それは重宝じゃぞ。ともかく道具の手入れに三、四日はかかろうな」

曽我には算段があるのか、板の間にこれも納戸にあった古畳の茣蓙《ござ》を持ち出し、

「差配どの、茣蓙を板の間に敷いて作業場にしてよろしいか」

「まあ、好きなようになさい」

と金兵衛が曽我の勝手にさせた。

「ではそうさせてもらおう」

曽我はまず木桶に水を汲《く》んできて砥石をつけた。

「お父っつぁん、達子さんと小春さんを魚河岸から日本橋界隈に案内したいのだけど、いいかしら」

「おれに聞くより曽我の旦那に尋ねてみな」

付き合いが深くなって金兵衛は、新しい店子の呼び方が曽我様から曽我さんに変わり、ついには曽我の旦那と呼ぶこともあった。

「曽我様、どうかしら。達子さんと小春ちゃんをお借りしていい。小春ちゃんはわたしが負ぶっていきますからね」

「達子は喜ぼう。じゃが、差配どのの娘御に小春を負ぶわせるなど、非礼ではござらぬか」

「うちは妹も弟もいないの、前々から赤ちゃんを負ぶってみたかったの」

曽我が十四歳というわりには痩せっぽちのおこんを見た。体は決して大きくはないが、おこんが利発ということを曽我はすでに承知していた。

「疲れたらのう、達子に抱かせるのじゃぞ。われら、下野国から江戸まで何十里も旅してきたゆえ、小春を達子が抱いて歩くくらいなんでもないからな」

「分かりました。達子さんに日本橋を見せたいの」

と曽我に言ったおこんが、

「お父っつぁん、お昼は曽我様と二人で食べてよ、長屋の道具の手入れをしてくださるのでしょ。おにぎりと昨日の残りの野菜の煮付けがあるからね。あっちで甘いものを買ってくるわ」

おこんが長屋の達子のところに飛び出していった。

「おこんときたら達子さんを姉さんと勘違いしているようですな」

「母御が亡くなられて未だ一年と経っておらぬ。おこんさんは達子を身内のように思うておるのであろうが、賢いおこんさんの姉役が達子に務まるかどうか」

と言いながらも曽我は板の間を働きやすい作業場に見る見る変えていった。

「待てよ、確かもらいものの前掛けがあったな」

金兵衛が近くの酒屋伏見屋から暮れのもらいものの前掛けを、

「曽我の旦那の一張羅《いっちょうら》は旅塵に汚れてどうって代物ではないがね、道具の手入れだ、なんとなく居職風に前掛けをしたらかっこがつこう。私が二、三度使っただけだ」

と差し出した。

「なに、差配どの、それがしに前掛けか。なんとのう仕事をしているような形《なり》になってきたのう」

と前掛けを締めた曽我が水に浸した砥石を使い、小鉈の粗研ぎを始めた。

「うまいものだな、なにも手に技はないと言いなさったが、なかなかのものではないか」

「差配どの、道具の手入れから縄を綯《な》うことまで、なんでもせねば山守とはいえぬ。杣たちの真似だがな、山では山守も杣人の区別もないでな」

曽我は平然としたものだ。

そこへ小春を背負ったおこんと風呂敷包みを手にした達子が戻ってきて、

「お父っつぁん、曽我様、帰ってくるのは八つ半から七つ（午後四時）時分になるわよ」

と言った。

達子の風呂敷には小春のおむつの替えなどが包まれているのだろう。

「うちは構わないよ。なんだか、店子が入ったというより下働きを一人雇った感じだな」

と金兵衛が喜々として働く曽我を見ながら女たちに言った。

「おまえ様はやはり働いておられるときがいちばん幸せのようですね」

「おお、達子、手足を動かしておると安心いたすな」

と曽我も答えて、

「楽しんでまいれ」

と三人を送り出した。

曽我はまず四半刻《しはんとき》（三十分）もしないうちに小鉈を研ぎ上げ、柄の葛を解《ほど》いて改めてしっかりと締め直した。

「これで使えよう。山ではな、熊や猪相手に刀などなんの役にも立たぬ。だが、鉈はなくてはならぬ道具でな、差配どの」

「わたしゃ、曽我の旦那が山守と聞いて、どの程度の仕事ぶりかと疑心を抱いていましたよ。いやはや、鉈の手入れを見て、曽我蔵之助様はほんものの山守だとようやく信じました」

金兵衛の言葉を聞いて曽我が嬉《うれ》しそうに笑った。

「で、山守とは申せ、士分でございましょ。曽我の旦那の剣術《やっとう》の腕前はどうですね」

板の間に煙草《たばこ》盆を引き寄せた金兵衛が、煙管《きせる》を手に刀を振る真似をした。

「やっとうとは、剣術のことでござるか」

と問う曽我は斧と柄を外して、斧の刃を粗砥石を手に手入れを始めていた。

「おお、剣術のことだ」

「山の中では剣術の要はござらぬ」

と潔く言い切った曽我は、傍らに置いた黒塗りのはげちょびれた鞘《さや》の刀に目をやった。

金兵衛は、鹿革で巻かれた柄《つか》は曽我自身の細工かと思った。

「曽我の旦那よ、もしだよ、公知衆とやらの縁戚とかいう法師寺某と材木問屋の刺客に道中襲われたら、どうしなさる積りだったのだ」

「うーむ、その折りはその折り、と覚悟はできておった。正直、江戸へ無事到着したことのほうが驚きであった」

曽我蔵之助が淡々とした口調で言い切った。

「運がよかったのかね、女赤子連れで抗《あらが》うなんてことはできっこない。だが、この江戸ならば、公方様のお膝元《ひざもと》だ。相手も無茶はしますまい」

金兵衛の言葉に曽我が初めて作業の手を休めた。

「われらの為したことは黒羽藩にとって、幼き殿にとってよきことかどうか、未だ迷うておる」

金兵衛は佐吉親分からも当代の殿様が若いと聞いていた。

「ちょっと待った。幼き殿様っていくつだい」

「それがし、お目にかかったことなどない。山守では城下も殿もほとんど関わりなく奉公し、死んでいくでな。なんでも九代目大関家の殿様伊予守増輔様は、宝《ほう》暦《れき》十二年（一七六二）生まれと聞いたことがある」

「なんだって、宝暦十二年といったら、四、五年ほど前のことではないか」

「いかにもさよう。藩主の地位に就かれたのが明和元年（一七六四）ゆえ、幼いな」

「貧乏大名とはいえ、大名家の藩主にそんな歳でなれるのか」

「先の殿様が明和元年八月に亡くなられたで、那須七人衆の豪族大関氏の血筋を絶やさぬように早々に九代目に就かれたという話を聞かされたことがござる」

「おい、曽我の旦那よ、最後の頼みが殿様ではなかったのか。それが四歳や五歳では頼りになるまい」

「ゆえに公知衆の血筋と名乗る法師寺某が材木問屋の常陸屋と組んで、私腹を肥やす悪行を行えたのだ。それがし、差配どのにすでに申さなかったか」

「聞いてないよ。こりゃ、曽我の旦那、よほどの証がなければ、おまえさん方の訴えは公儀も認めてくれぬぞ」

「それは困る」

　と曽我蔵之助が速答した。

「どうするよ」

「どうすると申されても、公儀が動いてくれぬことにはなんともならぬ」

「ただ今の幼い殿様に忠臣はおられぬのか」

「一人だけ鈴木《すずき》武《ぶ》助正長《すけまさなが》様と申される江戸家老は出来た人物じゃそうな、なにより大関家大事とご奉公なさるお方と聞いておる」

「そのお方は江戸藩邸におられるのだな」

「そのあたりもはっきりせぬ」

「まさか、鈴木武助様とやらが法師寺某の江戸の仲間ではあるまいな」

「それはあるまい」

と曽我が曖昧に首を振った。

なんとも頼りにならない話になってきた。

そんな問答の間にも曽我の道具の手入れをする動きは決して止まることはなかった。

ただ今はなにに使われたか知らぬ大鋸をどう手入れするか、曽我蔵之助は思案していた。

「おい、曽我の旦那、おまえさんが忠義を尽くすのはその幼い殿様、なんといったかな」

「九代目大関伊予守増輔様じゃ。差配どの、それがしが忠誠を尽くす殿は、幼かろうと老いていなさろうと増輔様ただご一人だ」

と言い切った。

「だが、遠目にも見たことはないのだな」

「山守では殿に会う要などないからのう」

と曽我蔵之助が応じて、

「目立てより鋸の錆《さび》落としが先じゃな」

と独語した。

六

達子と小春を負ぶったおこんの姿は、初めての人が見ても歳の離れた姉妹に見えた。

「おお、姉様の子を負ぶわされているのは子守りではなかろう。姪《めい》を負っておる妹は痩せっぽちだがよ、なかなか器量よしだぞ」

「それに比べてよ、姉様のほうは田舎くさくねえか」

「嫁に行った先が在所なんだよ。おりゃ、妹と四、五年あとに会いてえな」

「稲吉《とうきち》、会ってどうするんだ」

「所帯を持つ」

日本橋の中ほどの欄干《らんかん》に立ち、江戸城と富士の峰を茫然《ぼうぜん》と眺める達子らを往来の若い職人が勝手なことを言いながら通り過ぎていった。

「おこんさん、ここが日本橋にございますか」

達子は最前から同じことを幾たびも「妹」のおこんに確かめていた。

「はい、東海道をふくめて五街道の起点《もと》になる日本橋です」

「おこんさん、私、生涯で出会ったお方より多くの人込みが橋の上におられます。信じられません」

「黒羽城下とは違いますか」

「城下の祭で見た人込みの何十倍もの人たちがこの界隈に往来しています。これが江戸ですか」

達子は未だ驚きから立ち直れない風だった。

「六間堀町の深川とも違いますよね、達子さん」

しばし沈思していた達子が、

「曽我と私、深川に縁があってようございました。こちらに来ていたら、私たちどうしてよいか分かりませんでした」

と正直に告白した。

「達子さん、不思議に思っていたことがあるの。曽我様方はどうしていきなり深川に辿《たど》りついたの」

「そのことね、江戸の入口の一つ、千住大橋で私ども、どこに行けばよいか迷っておりましたの。そしたら、年寄りの船頭さんが声をかけてくださって、『おめえさんら、初めて在所から江戸に出てきたか』って聞かれたから頷いたら、『仕事探しか、お店探しか』と尋ねられて、曽我が、『両方でござる』と返事をしたと思って。そしたら、『初めての江戸ならば、本所深川辺りに裏店を見つけるんだな。といって、本所深川を承知している面じゃねえな。なにかの縁だ。おれも深川の横川の船問屋に空荷で戻るところでよ、よかったら深川までなら乗っていかないか』って親切に私どもを荷船に乗せてくれたんです。私が小春を抱きかかえていたことを気の毒に思われたのでしょう」

達子が深川に曽我一家が辿りついた経緯をおこんに説明した。

「親切な船頭さんに巡りあえてよかったわね、江戸の人がみんなそんな風に親切じゃないのよ。江戸の事情を知らないことをよいことに、騙《だま》す人だって大勢いるんだから」

とおこんが言ったとき、

「おい、姉ちゃん、今なんていったな。江戸の人間がワルだと言わなかったか。在所から出てきて、江戸っ子をコケにすると、どうなるか教えてやろうじゃないか」

といきなり背中から声がした。

達子とおこんが振り向くと、

「おお、女は深川の櫓下《やぐらした》ならば買ってくれよう。妹のほうはよ、吉原の禿《かむろ》になれそうだ」

「兄い、吉原がよ、女衒《ぜげん》でもねえ、俺たちの連れていった娘を買い取ってくれるか」

「おうよ、ご免色里の吉原だってよ、裏も表もあるのよ。手蔓《てづる》がねえこともねえ、柳原土手《やなぎわらどて》のお兄いさんに任せておきなって」

と二人で話し合った半端やくざの弟分がおこんの手を引こうとして、

「背中の赤子はどうするよ」

と弟分が柳原土手のお兄いさんにお伺いを立てた。

「おぶい紐《ひも》を解いてよ。橋の袂《たもと》にうっちゃっておきな」

と兄貴分があっさりと命じ、

「あいよ、おい、娘っ子、こっちにきな」

と弟分がおこんの手を摑もうとした。

その瞬間、おこんの手がぴしゃりと弟分の頰べたを叩《たた》いて、

「やい、すっとこどっこい、おめえらは柳原土手の古着屋くずれか。このおこん

様をだれだと思っているんだ。背に負った小春ちゃんを日本橋の袂にうっちゃるだって。てめえら、深川六間堀町のおこんをしらないのか。半端者の言いなりになるおこんじゃないよ」

　痩せっぽちのおこんの口から小気味のよい啖呵《たんか》が飛んだ。

　二人の半端者が一瞬黙り込んだ。

「ちきしょう、柳原土手のお兄さんをコケにしやがったな」

と兄貴分が懐の匕首《あいくち》でも抜く風に手をかけて見せた。脅《おど》しだろうが、おこんは驚く風はなかった。

「ほう、おもしろいね。日本橋のまん真ん中で十四の娘相手に匕首かえ、抜いてみな。直ぐにさ、この流れの傍にある南茅場町《みなみかやばちょう》の大番屋から町奉行所の旦那方が飛び出してきて、おまえら半端者二人を大番屋の太柱に縛りつけるよ」

「く、くそっ」

　と兄貴分が迷った。

「深川六間堀町のおこんさん、気に入った」

　通りがかりの小粋《こいき》な形の伊達者が声をかけてきた。風体からしていずれ名のある遊び人か親分と呼ばれる御仁だろう。

「親分さん、いかにも深川六間堀町のこんですよ」

「ふっふっふ」

と満足げに笑った男が、

「おまえさんが男なら、いやさ、娘だからそれだけの啖呵が皆の衆の胸にすっと入り込んで捉《とら》えたんだね。おい、半端者の兄い方、おめえらとこのおこんさんは、人間の出来がおぎゃあと生まれたときから違うんだよ。さっさと消えな」

と親分の貫禄《かんろく》の違いで言い放った。

「花川戸《はなかわど》の親分だぜ、兄い」

「まずいな」

半端者の二人がこそこそと逃げ出した。

おこんが顔を真っ赤にして、

「花川戸の親分さん、ありがとう」

と礼を小声で述べた。

「よっ、六間堀町のおこんちゃん、日の本一」

「気分がすっきりしたぜ」

などと往来の人びとがおこんに声をかけていく。

「達子さん、さあ、早く魚河岸に行きますよ」

おこんが花川戸の親分に一礼して言葉を失っていた達子の手を引き、橋を渡ると魚河岸へと曲がった。

「おこんさんって、すごいのね」

ようやく三人になったとき、達子が驚きの顔でおこんに言った。

「達子さん、お父っつぁんに言わないでよ。深川の娘ならば、あの程度の啖呵はできるんです」

「タンカっていうの。下野の在所女ではできないわ」

と達子が感心した。

「達子さん、江戸ってあんな半端者もいれば花川戸の親分さんのような貫禄の人もいる。黙って騒ぎを見ている多くの人は、たいてい弱いほうに味方をするのが江戸っ子なんです、判官びいきというんですってね」

と言ったおこんは、

「そろそろ小春ちゃんのおしめを替えなきゃね。そうだ、確か魚市場の後ろに甘味屋さんがあったわ、おっ母さんが何度か連れていってくれたことがあるお店よ、そこに行きましょう」

と達子を誘うと、達子はしばし沈黙して動かなかった。そして、達子が、

「私たち、大それたことを考えたんじゃないかしら。曽我と二人でこの江戸でやり遂げられるとは思えなくなった」

と自信を喪失したような言葉を吐いた。

「達子姉さん、江戸には敵より味方が多いのよ。いえ、味方につけることが大事なのよ」

「おこんさんたら、どこでそんなことを覚えたの」

「深川ってところは、大人も子供も独りで生きることをまず覚えていくんです」

「私がおこんさんの姉ではないな、おこんさんが私の姉上よ」

と達子が言いきった。

甘味屋のふじむらの前に立つと、女将《おかみ》さんがおこんを覚えていて、

「おこんちゃん、おっ母さんが亡くなったんですってね、馴染《なじ》み客から聞いたよ」

と迎えてくれた。


曽我蔵之助は、相変わらず差配の板の間を作業場代わりに納戸にあった道具の手入れをしていた。時折り長屋の女連中が覗きにきて、

「待ってきいたがさ、まるで研ぎ屋か道具の修理屋だよね。おまえさん、ほんとうに侍だったのかね」

　とおしまが聞いた。

「うむ、それがしも侍よりは杣人と思うて生きてきた。山守などいう職種は、なんでも屋でなければ木は育てられぬのだ」

「ふーん、そんなものかね。で、道具を手入れしてさ、なにを始める気だね、お侍さんさ」

「そのことは未だ考えておらぬ。どうしたものかのう」

「呑気だね、小春ちゃんだって、そのうち食い扶持《ぶち》が要《い》るようになるよ」

「ああ、働かなきゃあ日当は入らないやね。といって山守なんていったってこの深川界隈には山なんぞないからね」

「深川どころか江戸に山とつくのは正月の初日の出を拝む愛宕山くらいだな」

　と金兵衛が女連の話に加わった。

「ほう、差配どの、愛宕山なる山はどちらにござるな」

「大川河口の西側に見える愛宕権現社の山だよ」

　とおくま婆さんが金兵衛に代わって答えた。

「高さはどれほどかな、ご一統」

「おい、愛宕山の高さをだれか承知かね」

おたねが女たちを見廻した。

「むかし愛宕山を駆け上がった馬の名人がいたな。おお、そうだ、曲垣平九郎《まがきへいくろう》って名人が八十何段だかの男坂の石段を馬で駆け上がったことで有名なんだよ、だから高さ八十何段ですよ、曽我様」

と金兵衛がいい加減な博識ぶりを発揮した。

「石段八十何段な、それは山ではない。それがしが山守をしていた山並みは、四千尺余はあったな」

「なに、四千余尺の山か。それはこの界隈にはない。遠くに見える富士の高嶺くらいかな」

なんとなく長屋じゅうの住人が差配の板の間に集まり、わいわいがやがやと騒いで、曽我の仕事ぶりを眺めにきた。男たちが働きに出て、夕餉の仕度にはいささか間があった。

「金兵衛さん、お茶が出ないのかね」

と付け木売りのおくま婆が言った。

「店子にお茶を出すだと、なんのためだ」

「お侍さんが差配の道具の手入れをしているんですよ、どてらの金兵衛さんが手入れ賃を出す気かね」

「そんな話はございませんよ。曽我様が好きでやってんですからな」

「ならば時分どきにお茶くらいだしてもかまわないじゃないかね」

植木職人徳三の女房おいちが言った。

「おこんちゃんがいないとどてらの金兵衛たら、なに一つできないよ。そうだ、長火鉢にかかった鉄瓶《てつびん》に湯が沸いていたね。よし、茶っ葉はどこだい」

「台所の水屋だよ」

金兵衛の家には差配だけに水屋があった。

女たちが茶碗を人数分だして、茶を淹れ始めたとき、

「ただ今」

おこんの声がして小春を背負ったおこんと達子が戻ってきた。

「ね、達子さん、お茶の時分だったでしょ。お父っつぁんの好きな塩饅頭《しおまんじゅう》を買ってきたわよ。二十ほどあるから、みんなに行き渡るわね」

と見廻した。

「やっぱりさ、差配の家はおこんちゃんがいないと回らないね。お侍の旦那も手を休めてお茶にするよ」

だれが差配の家人かわからないくらい女衆がさっさと茶を淹れて、塩饅頭の包みを達子が座に差し出した。

「おまえ様、江戸は賑《にぎ》やかで広うございますね。日本橋も見たし、お城も拝見いたしました。大きなお店が何丁も何丁も軒を連ねて、呉服も絹物、木綿もの、舶来の布地とあれこれとございます。黒羽の城下がいちばんと思うておりましたが、こたびの道中で井の中の蛙《かわず》ということを知らされました」

達子が亭主の曽我に感激の面持ちで報告した。

「いかにもわれら在所者であるな。だが、達子、人それぞれ生きる場所があるのはさだめじゃでな、われらに江戸に住めと申されても難しかろう」

と思わず曽我が胸のうちを吐露《とろ》した。

「おや、もう江戸に住むのを諦めたのかい」

茶を淹れた茶碗を皆に配り始めたおいちが問い返した。

「おお、深川も江戸であったな」

曽我が慌てて言った。

「まあ、江戸のような江戸でないような土地が本所深川ですよ」

と塩饅頭を前に笑みの顔に戻った金兵衛が執り成した。

「おいちどの、そなたの亭主は植木職人というたな、鋸の目立てをしたいのだが、鑢をお持ちでないかな」

と曽我がおいちに尋ねた。

「うちのが戻ってきたら聞いておくよ、鑢だね」

とおいちが請《う》け合い、

「鋸の目立てができたら事はなるな」

と独りごとを言った。だが、だれも曽我の独りごとを聞いたものはいなかった。

「おこんちゃん、魚河岸裏の甘味屋ふじむらの塩饅頭だね、塩加減と甘さ加減が堪らないんだよね」

「そうそう、それに大きさも小腹が減ったときにちょうどいいんだよ」

と女連は塩饅頭をぱくつき、茶を飲んで満足した。

金兵衛はこちらも好物の塩饅頭を食しながら、

(なにをする気だろう)

と道具の修理に時を費やす曽我蔵之助の考えが分からずにいた。

時折り、御用聞きの佐吉に黒羽藩の一件の探索の具合を尋ねたが目立った動きはないとの返事だった。確かに佐吉は、大名家の内情に町方が手を突っ込むことは許されないと、金兵衛に釘《くぎ》を刺していた。それでも佐吉は定廻り同心の旦那木下三郎助と曽我蔵之助との面談の仲介をとって、話合いの場を設けてくれていた。だが、それ以来全く動きがないのだ。

曽我も調べが長くなると見て、道具の手入れで気を紛《まぎ》らわそうとしているのか。そんなことを金兵衛は考えていた。

長屋じゅうの女連がいっしょの茶のときが終わり、女衆は茶碗を洗ってそれぞれ長屋に戻っていった。

「曽我様、まだ道具の手入れをなされますかな」

「いえ、本日はこれにて終わりにいたす。おいちどのの亭主どのから鑢を借りることができたら、明日は鋸の目立てをしようと思う」

と板の間の作業場を片付けた曽我が達子と小春を連れて、長屋へと戻っていった。

「お父っつぁん、達子さんって賢い人ね。やはり奉公した人は違うわね」

「他人の飯を食った人間は、奉公の苦労を知り、一文の銭を稼ぐ大切が身に染みておるからな」

と言った金兵衛が、

「おい、おこん、奉公に行く決心を固めたのか」

と質したとき、長屋に帰ったばかりの曽我蔵之助が独り戻ってきた。

「差配どの、わが長屋にたれぞが入った気配がござる」

「なに、泥棒が入ったって。金子を盗まれなすったか」

「いや、虎の子の金子は常に身につけておるで、盗まれてはおらぬ。それにどうやら長屋に入ったのは侍のようだと近くの長屋の子供がいうのだ。われらの少ない荷をすべて探った形跡が残っておった」

しばし沈黙した金兵衛が、

「曽我様が江戸に出てきたことを知った法師寺某の江戸の一味か、材木問屋の手先の所業ですかな」

と質すと、こんどは曽我が沈黙したあと、小さく頷いた。

おこんは二人の会話をどう考えてよいか分からなかった。だが、一つの光景を漠然と思い浮かべていた。

七

翌日も曽我蔵之助は、道具の手入れをして日を過ごした。

おいちの亭主の植木職人徳三が鋸の目立てに使う鑢を何種類か貸してくれたので、その鑢を使い大鋸の目立てをした。

そんな曽我の下へ木下三郎助が、五尺そこそこの背丈に陣笠《じんがさ》をかぶって大頭を隠したつもりか、大小を田楽差しにした役人を連れてきた。

金兵衛は初めて見る顔で、一見貫禄は感じられなかった。木下の歳の食った下役かと思ったほどだ。

「与力《よりき》の笹塚孫一《ささづかまごいち》様でござる」

と木下三郎助の言葉に金兵衛は、

「えっ、木下の旦那の上役かね」

どう見ても不細工な大頭の笹塚をしげしげと見た。

木下がにやりと笑い、慌ててこほんこほんと空咳《からぜき》をして笑い顔を消そうとした。

与力は陣笠の紐を解きながら表情は平然としたものだ。

「金兵衛、大抵の悪人ばらは笹塚様の形に騙される。気付いたときには小伝馬町《こでんまちょう》の牢屋敷や島流しに遭った八丈島で後悔することになる。南町の与力の中で一番のやり手だぞ。年番方《ねんばんかた》与力に就かれるのもそう遠い先ではあるまい」

と三郎助が小声で言った。

だが、金兵衛には同心の三郎助が上役を前に世辞を言ったとしか思えなかった。されど金兵衛は三郎助が上役を前におべんちゃらをいうような定廻り同心でないことも承知していた。

この人物、笹塚孫一が南町奉行所の筆頭の年番方与力として力を発揮し始めるのは数年後のことだ。おこんとも関わりをもつことになるのだが、何年も先の話だ。


とまれ、物語に戻ろう。


「下野黒羽藩家臣曽我蔵之助どのじゃな」

道具の手入れを続ける曽我を確かめ、陣笠を大頭から脱いだ笹塚が、

「三郎助、金兵衛、座を外せ」

と命じた。

笹塚は曽我蔵之助と二人だけで話をしたいと命じていた。

「はっ」

と畏《かしこ》まった木下三郎助がどことなく安堵した顔で板の間の作業場から金兵衛の居間と寝所を兼ねた座敷にさっさと身を移した。

「木下様よ、茶を出したほうがいいかね」

「いや、笹塚様がそう申されぬ以上、茶など供さぬほうがよい」

三郎助の嫡男《ちゃくなん》一郎太《いちろうた》は見習同心として南町奉行所で御用を勤め始めていた。金兵衛は佐吉親分の家で親子に前に会っていたから、人柄は承知していた。

「お父っつぁん、ほんとうにあちらにお茶は出さなくてよいのね」

と最前から緊張の体《てい》で様子を窺《うかが》っていたおこんがそれとなく父親に念押しした。

「よい」

と三郎助が短く応えた。

むろん曽我蔵之助一家が金兵衛長屋に厄介になった経緯も、なぜ下野黒羽藩から江戸へと出てきたかも佐吉を通して、また曽我自身から直に聞きとりをして、三郎助は承知していた。それらのことは上役の笹塚孫一にも報告してあった。

その折り、笹塚は、大名家の所業には町奉行所が首を突っ込むわけにはいかぬ

と、この一件から手を引けと命ずるかと思った。ところが笹塚が意外や意外、

「ほう、山守なる下士の女房は悪行の一端を担った材木問屋に勤めておったか」

と応じると湯島天神近くの黒羽藩の江戸藩邸に出入りの御用聞きや同心に自ら当たって下調べをなした。与力が直に調べることなどまずありえない。にも拘らず笹塚孫一は下調べをしたのち、何事か思案していた。

数日が経過したところで三郎助は、

「笹塚様は下調べの段階で諦めたな」

と判断していた。ところが本日になって、

「わしが山守の曽我なる者に会おう」

と言い出したのだ。

笹塚孫一と曽我蔵之助の話し合いは半刻に及んだ。

「三郎助、戻るぞ」

と板の間から声をかけた笹塚はよほど性急な気性かすでに陣笠を被《かぶ》り、履物を履いて差配の家を出ていこうとしていた。

木下が慌てて従おうとした。その木下の袖《そで》を引いた金兵衛が、

「曽我様の一件、進展がありそうかね、旦那」

と尋ねた。

「わしはそなたと茶を飲んでいたではないか。なんの話があったかも知らぬわ」

と答えた木下が金兵衛の手を振り払い、せっかちな与力のあとを追った。

金兵衛は致し方なく、

「曽我様、あの御仁からなにを聞かれたんだ」

と当人に尋ねた。

「なにを問われたかと申されてもな、あれこれと質されたな」

「ならば目処が立ったのかな、感触はどうかね」

「目処と申されるか。あのお方の問いも返答もよう分からぬでな、目処が立ったかどうか見当もつかぬ」

「なに、そんな話を半刻もしていたのか」

「それがし、鋸の目立てをしながらじゃがのう。さようか、半刻も経ったか」

「木下の旦那はさ、笹塚孫一様は南町奉行所のやり手の与力というが、ほんとうかね」

と金兵衛が首を捻った。

「いや、差配どの、あのお方、敏腕な与力どのじゃぞ」

と曽我が言い切った。

「最前は話がよう分からぬと言わなかったか」

「そこでござる。話が曖昧のようで、その話のなかに確かな問いがあるように思えた。同心どのが申されるように頭脳明晰《めいせき》なお方かもしれぬ」

「曽我様よ、そなたの話もよう分からないな。目処が立つのか立たんのか。最後になにか曽我様に言わなかったか、あの大頭与力がよ」

「最後にか、そうじゃのう」

と鋸の手入れを止めた曽我がしばし沈思し、

「そなたら、このままでは下野の山守にも戻れまい。まあ、気長に金兵衛長屋に暮らしておれ、と申されたな」

「なんだと、金兵衛長屋に気長に暮らせじゃと。冗談ではないぞ」

と金兵衛がぼやく傍らから、

「曽我様、笹塚様と申される与力は曽我様の長屋に入った泥棒のことを問われなかったの」

二人の問答を聞いていたおこんが曽我に質した。

「おお、それじゃ。盗られたものはないか、幾たびも尋ねられた」

「その侍泥棒が盗っていったものはなにもないんだよな」
金兵衛が曽我の返答を奪って答えた。
「差配どのもおこんさんも承知の如《ごと》く、着たきり雀で江戸に辿りつき、達子など
こちらの亡きおのぶさんの残された衣服を借りておるくらいだ。先祖以来貯めて
きた金子はそれがしが常に身につけておったでな、なんの損害も被らなかった。
笹塚様はなんとのうじゃが、侍泥棒の身許《みもと》を承知かと見受けられた」
「そりゃそうだよ。おまえさん方と関わりのあるのは黒羽藩なる大名家だろうが。
そこでさ、材木を巡って悪さを働く輩《やから》に決まっていよう。他のだれがうちの貧乏
長屋に入り込むよ」
「いかにもさよう」
おこんは曽我と金兵衛のこんにゃく問答を黙然と聞きながら、胸に閊《つか》えた思案
に暮れていた。
「お父っつぁん、曽我様から店賃を二十日と半日分頂戴したんでしょ。少し長く
なるくらい大目に見てあげてよね、小春ちゃんだってこの界隈の長屋の子供たち
とようやく馴染んできたところなんだからさ」
「ご当人が鋸の目立てなんぞを呑気にやってなさる。差配が案じることもねえや

な」

と金兵衛が言った。

この日、鋸の目立てを終えた曽我蔵之助が、

「差配どの、納戸にあった麻縄を借り受けてよいか」

と許しを乞うた。

「なにをするか知らないが勝手になされ」

「切るのは一箇所だけでな、長さは六尺ほどでよい。あとは麻縄を切ることはない、そのまま使うだけだ」

曽我が言い、金兵衛の眼の前で六尺に切り取り、両端に結び目を作った。その縄の真ん中辺りに古布を巻いた。なにに使うものか曽我は金兵衛に説明しなかった。そして、

「作業場をいったん片付けよう」

と己に言い聞かせた曽我が鋸、鉈、斧、麻縄と手入れをした道具を板の間に残して、あとは納戸に丁寧に仕舞った。

「曽我様よ、一体全体、なにをやらかす気かね」

金兵衛がこの数日の道具の手入れの狙いを尋ねた。

「明日になれば分かろう」

「なんだい、今教えてくれぬのか」

「行き止まりの枯れ松の枝をはらおうと思ってな、あの枯れ松はどなたのものでもないのだな」

「ないね、勝手に生えて育った百年ものだ」

と金兵衛が過日よりも大きく出た。


翌朝、曽我蔵之助は六間湯の一番風呂は遠慮すると金兵衛に言った。

「枝はらいで汗をかくでな。作業のあと、仕舞湯にしよう」

と理由を述べた。

「そりゃかまわないがね」

金兵衛は曽我の草鞋履きに古布が巻きつけてあるのを見ながら、

「わたしゃ、湯に行くよ」

と出かけていった。

「おこんちゃん、まるで猿だよ、大猿がするすると枯れ木に登っていくよ」

付け木売りのおくま婆さんの大声に驚かされた。おこんが家を飛び出すと木戸の前から長屋の住人たちが枯れ松を見ていた。

なんと大男の曽我蔵之助が腰に麻縄を巻き、鉈をぶら下げ、高さ三丈半はあろうかという枯れた大松の先端にまるで熊のように止まっていた。その腰からもう一本麻縄が幹もとに伸びて垂れている。

「な、なにをしようてんだよ、旦那」

と植木職人の徳三が質した。

「徳三どの、まず枝をはらおうと思う」

「そんなのうっちゃっておけ。差配は一文も払わぬぞ」

「徳三どの、そなたの鑓で目立てした鋸を使うてみようかと思う」

「なに、おまえさん、この枯れ松を伐り倒そうというのか」

「六間堀は山の中ではないでな、一気に倒せぬ。枝を払って先端から少しずつ幹を伐り落としていく。まあ、この程度の松なれば夕刻までに事が済もう」

「ぶったまげたな、山守って名の侍かと思うていたが、おめえさん、ほんものの杣人か樵《きこり》か」

「在所の藩の山守は何でも屋でござってな」

曽我は腰に巻いた麻縄で松の幹に己の腰を固定すると、鉈を手に、

「女衆、子供衆、木の下には近付いてはならぬぞ」

と幹元を確かめ、鉈を鮮やかに使って枯れ枝を、

ばさりばさり

と一撃のもとに伐り落としていった。

「曽我の旦那、芸はないというたが、植木職人にはなれるぞ」

と徳三が褒め、

「仕事がなきゃ、旦那の技を一日じゅう見たいところだよ」

と名残り惜し気に仕事に出ていった。

おこんは曽我の鮮やかな鉈さばきを見上げていた。

「なんでも芸人や職人仕事には、緩急の流れと間がなければ一人前ではないよ」

おこんの踊りの師匠が口を酸《す》っぱくしていう言葉だ。

曽我の鉈さばきは両足を枯れ松にからめ、腰に巻いた一本の命綱を頼りに両手を自在に使った。

「おこん」

と金兵衛の声がした。

「枝はらいというから地べたあたりの枝を伐るだけかと思ったら、一本丸ごと枯

れ木を伐採する気か」

湯の道具を持った金兵衛が茫然として曽我の仕事ぶりを見上げた。

一方、枯れ松の先端から四尺ほどの幹の枝払いを終えた曽我は、腰につけた麻縄を引き上げて大鋸を手にすると、解いた縄を枝はらいした幹に結び、目立てしたばかりの大鋸の刃を己の胸のあたりに当てると、両手で悠然と挽《ひ》き伐り始めた。

まるで大男の軽業師だ。

あっ、という間もなく幹をわずかに残して切った曽我は大鋸の柄を腰縄にかけた。そして、最前切った幹を片手で押すと枝はらいした幹が虚空に浮いた。それをゆっくりと麻縄を延ばして地面に下ろしていった。

「うーむ、曽我蔵之助様が黒羽藩の山守と、たった今分かりましたよ」

金兵衛が枯れ松の上から下ろされた幹の縄を解いた。

「差配どの、助かった」

「よし、私がな、そなたの助っ人を務めますよ」

湯の道具をおこんに渡した。

そのときには曽我はすでに三尺下の幹に下り、鉈を手に枝はらいを始めていた。

「おこん、見たか。代々山守と言いなさったが、見事なもんだ。あの高い枯れ松の上で無駄な動きは一つもねえや。やはり四千尺より高い山の中で藩の御用林を護ってこられた人は違うね」

「お父っつぁん、わたしは最初から信じてましたよ。曽我様が黒羽藩一の山守で忠臣だってことを」

「ああ、いかにもそうだな」

金兵衛たちは、枯れ松が段々と伐られていくのを飽きることなく眺めていた。

なんと昼餉まで達子が握った握り飯で枯れ松の上で済ませた曽我は、作業を再開した。高さ三丈半の枯れ松が七つ半（午後五時）の刻限には姿を消していた。

木下家の築地塀《ついじべい》の外側に二尺ほどの木株が残っただけだ。

植木職人の徳三が仕事から戻ってきて、金兵衛長屋の行き止まり道を見守っていた枯れ松が長さ三尺余の丸太になって転がっているのを見て、

「ぶっ魂消《たまげ》たぜ、どてらの金兵衛さんよ」

と驚きの言葉を発した。

「徳三さんよ、どうだ、曽我さんを雇う気にはなれないか」

「曽我の旦那が本気ならば親方に相談してみるぜ、いいかね」

「しばし日にちをくれないか、その一件」

「なんだよ、最前と話が違うじゃないか」

「曽我様にはよ、大望があるんだよ」

「たいもうってなんだ、食いものか」

「ただの植木屋には惜しいということよ」

と金兵衛がごまかした。

「大家どの、この松じゃがな、明日から一尺ほどに伐って薪にいたす。明日からのほうが日にちを要するな」

とはらった幹や枝をきちんと片付けた曽我が言い、

「それがし、仕舞湯に行ってまいる」

とすでに達子が用意していた着替えと湯銭を持って六間湯に出かけていった。

その直後のことだ。

南町奉行所の定廻り同心木下三郎助と見習同心の一郎太親子が姿を見せた。

「枯れ松を伐り倒したか」

と父親の同心が金兵衛に問うた。

「曽我の旦那の仕事だよ、朝っぱらから枯れ松に上ったかと思うと下りてきたのがつい最前ですよ。その半日に百年ものの枯れ松がこのとおりですよ、木下の旦那」

ほう、と父親の三郎助が短くも驚きの声を洩らし、若い一郎太が、

「山守とはいえ、武士がこれほど手際よく一本の松を始末するものですか、父上」

「道具の手入れに何日もかけて、真剣勝負の枯れ松伐りは半日か。これぞ達人の仕事じゃな。当人はどうしたな、金兵衛」

「仕舞湯に行っておりますよ。うちで待ちますか」

と金兵衛が尋ねた。

「いや、言付《ことづ》けを願おう。曽我どのにな、『事が動く、用心せよ』と伝えてくれぬか」

「それだけでございますか」

「あの御仁ならば笹塚様のその短い言葉が理解できよう。われら凡人同心親子にはさっぱり分らぬがな」

と三郎助が言った。

「頼んだぞ」

「へえ」

と二人の親子同心が戻ったあと、さっぱりとした顔の曽我蔵之助が戻ってきた。

「曽我様よ、最前南町同心の木下様と倅《せがれ》の同心といっしょにお見えになって、曽我様への言付けを言い残されて帰られました」

「それは失礼をし申した。で、言付けとは」

「それが、『事が動く、用心せよ』との笹塚様の言葉だそうです」

短い言付けを聞き、しばし無言で思案していた曽我が、

「畏まった」

と金兵衛に返答した。

八

翌日、曽我蔵之助は腰に鉈を下げ、塗りの剝《は》げた大刀を行き止まりの旗本屋敷木下家の築地塀に立てかけて、昨日伐った枯れ松を長さ一尺ほどに鋸で引き伐っていた。

当然、金兵衛との朝湯はなしだ。

左官の常次や青物の棒手振りの亀吉や植木職人の徳三らが仕事に出かける前に

しばらく曽我の仕事ぶりを見ていった。

「慣れた手付きだね。曽我の旦那の山守仕事はおれたちと同じく力仕事だな」

「ああ、二本差の侍がよ、山仕事をしてさ、最後には薪づくりとは知らなかったぜ」

「これで給金を貰《もら》えるんだから、在所の山守も悪くねえ」

などと勝手なことを言い合い、不意に徳三が、

「雨のときも山に入るのかね」

と曽我に尋ねた。

「大雨、冬場の根雪の折りは山の作業場で、かような薪づくりをしたり、山小屋の修繕をしたりして時を過ごすな」

「寂しくはねえか」

「人はおらぬが季節によっては熊、鹿、猪、狐、狸、山兎、名も知らぬ山鳥とあれこれおるでな、寂しくはござらぬ。冬場は山ごもりだが、春になって雪が溶けるころ、白い眠りに就いていた山が一斉に目覚めるとな、あれこれと艶《あで》やかな花が咲き、こちらも生きていることを実感させられるな」

曽我が下野黒羽領の山暮らしを思い出した眼差しで説明した。

「熊や鹿が話し相手だとよ」

「徳三さん、熊とか鹿が話すものか」

と亀吉が冗談を承知であらがうと、

「ご一統、熊も鳥も生き物はみな話しますぞ」

「えっ、下野の山ん中の熊が口を利くか」

「おお、体の動かし方や顔の表情でこちらにあれこれと訴えてくるな」

「曽我の旦那よ、その面で冗談をいうのか」

「冗談ではない、本気じゃぞ」

黙々と枯れ松の丸太を伐る作業の手を休めることなく男たちに告げた。そこへ達子が、

「おまえ様、朝餉にございます」

と小春を抱いて呼びにきて男たちが仕事に出ていった。

朝餉を早々に済ませた曽我は、枯れ松を薪にする作業に戻った。しばらく独りで作業を続けていると、ぞくり、とした殺気を感じた。だが、曽我は手を休めることはなかった。朝餉を終えた女たちが金兵衛長屋の井戸端で曽我には分らぬ深川訛りの早口でお喋りするのが聞こえてきた。

四つ（午前十時）の刻限、おこんが茶と六間堀に売り子が商いにくるよもぎ饅頭を添えて、

「曽我様、少し休んだほうがいいわよ」

と姿を見せた。

「おお、おこんさん、いつも恐縮じゃな」

「だって曽我様は金兵衛長屋の目障《めざわ》りな枯れ松を伐ってくれたのよ。この松、どうするの」

「太い幹は一尺ほどに挽き伐ってな、最後は薪にしようと思う。松は脂《やに》を含んでおるでよう燃えよう」

「あれだけの松よ、売るほど薪が出来るわね」

「売ったところで大した銭にはなるまい。それより差配さんを始め、長屋の衆が竈《かまど》の薪にしてくれると、それがしのやりがいもある」

「えっ、長屋のために薪を作っているの」

とおこんが呆《あき》れた。

「江戸の饅頭はなんでも美味《うま》いな」

曽我がよもぎ饅頭を摑んで、

「頂戴いたす」

と一口食し、満足げに笑った。

「下野の山では甘味なんてどうするの」

「甘味な」

としばし考えていた曽我が、

「山守の女衆が秋口に稗餅《ひえもち》や干柿なんぞを作りおきするで、山廻りの折りに食するな。じゃが、大半はアケビや山ぶどうなど山のなりものがわれらの食い物でな、江戸のようにかように甘い饅頭など食したことはござらぬ」

とおこんに応えた。すると朝餉の片付けを終わった女たちが曽我の仕事場に姿を見せた。

「この松、曽我様は長屋の煮炊き用の薪にするんですって」

「この枯れ松を薪にね、侍さんの仕事じゃないね」

「一文の稼ぎにもならないよ」

「だからさ、おこんちゃん、金兵衛さんを口説《くど》いてさ、なにがしか働き賃が出ないかね」

「店賃は差配が集めるけど、大半は家持さんのところに納める金子だもの、お父っつぁんの好き勝手にはならないわ。ああ、そうだ」

とおこんが声を張り上げた。

「どうしたおこんちゃん」

「枯れ松が塀の上から覗いていたお屋敷の御使番の中間《ちゅうげん》さんとお父っつぁんが湯屋で会ったんだって。そしたら、用人さんが枯れ松を伐ってくれて、庭の見場が一段とよくなったと褒めていたそうよ」

「ならば、御使番の殿様に伐り賃を請求するかね」

「おくまさん、無理だよ。直参旗本と威張ったって内所《ないしょ》はどこも苦しいの」

「そうか、そうなると曽我の旦那のただ働きだね」

おしまが話をもとへ戻した。すると、水飴売りの五作の女房おたねが、

「そろそろおこんちゃんのおっ母さんが亡くなって一年になるね」

「ああ、早いもんだね、あんなに丈夫だったおのぶさんがコロリにやられるなんて信じられないよ」

とおくま婆さんが応じた。

「おこんちゃん、おのぶさんがいない暮らしに慣れたかい」

「おしまさん、慣れるわけないでしょ」

「だよね。それにしても娘のおこんちゃんよりどてらの金兵衛さんが堪《こた》えているよね」

「ああ、女が先に逝くと男が立ち直るのに時がかかるよ。おこんちゃん、一生金兵衛さんの面倒を見ていく気かえ」

とおいちが言った。

「おいちおばさん、わたしだって他の世間を見てみたいわ、この長屋だけじゃなくて」

「おこんちゃんは賢いからね、どこに奉公に行ったたって重宝されるよ」

などと女衆が話すのを曽我も達子も黙って聞いていた。

「さあて、洗濯でもするか」

おしまの言葉に長屋の女衆が井戸端に戻り、曽我は女衆がお喋りしている間にも黙々と枯れ松を挽き切っていた。

「達子さん、今日も橋を渡って買い物にいく」

とおこんが達子に聞いた。

「山暮らしの私には目移りするものばかりだけど、買いたいものなんてなにもないわ。食べ物以外にはね」

「ならば、芝居町のやぐら看板を覗きにいきましょ」

「深川に芝居町があるの」

「いえ、川向こうよ。江戸にはね、一日千両を稼ぐところが、魚河岸、芝居町、それと遊郭の吉原と三つあるんですって。お父っつぁんに言わせると千両どころではないというけどね、わたし、百両だって見たことない」

「それがしもないな」

と曽我が口を挟んだ。そして、

「達子、われらの行末はどうなるか知らぬ。かような折りだ、夕餉の菜を橋向こうに購《あがな》いにいき、江戸を見てこよ」

「おこんちゃん、どうする」

「ならばさ、小春ちゃんを連れて永代橋を渡っていこうか、姉様」

と江戸のことを知らぬ達子におこんがあれこれと教え、奉公がどんなものか知らぬおこんに達子が自分の経験を告げて、姉と妹のような関わりになっていた。

独り鋸を使っていた曽我が、一尺ほどの枯れ松の丸太がかなりの数になったのを見て、五つほど立てて並べた。

「夕餉の竈の薪を作っておこうか」

と斧を手にして真ん中の幹に正対した。

曽我蔵之助が太い腕で斧を振りかぶり、丸太の真ん中に軽やかに振り下ろした。すると径が八、九寸はありそうな丸太が二つに割れた。力を入れた風はないが、斧が枯れ松の正目をとらえ、鮮やかに割ったのだ。曽我にとってこの程度の丸太を割るのはいとも容易いことだった。山の暮らしを思い出すように、曽我が丸太を長屋の竈にくべられるほどの薪にしていった。

昼餉は金兵衛といっしょにおこんが仕度していった握り飯と若布《わかめ》の味噌汁に香の物で食した。

「曽我の旦那よ、南町の与力の笹塚様の言葉、『事が動く、用心せよ』って、一体全体なんの意かね。事が動く風はないいな」

「ござらぬな」

「ござらぬなって、呑気なことを言っていなさる場合かい、おまえさん方が生きるか死ぬかの瀬戸際《せ》だぜ」

「差配どの、事を急いてはならぬ。山暮らしでな、藩の御用林を相手にしているとな、事が動くには少なくとも何年も何十年もかかるでな」

「冗談はなしですぜ。その間にワルどもは己の懐に御用林で儲けた金子をがっぽりと貯め込んでさ、藩には一文も入らない事態が続きますよ」

「それは困るな」

「だからさ、呑気なことを言っている場合ではないんですよ。なにか手はないか、曽我の旦那よ」

「手のう」

と二つ目の握り飯を手にした曽我蔵之助がしばし沈思した。長い沈黙のあと、

「差配どの、亡きおのぶどのの一周忌は未だ先かな」

と不意に聞いた。

「一月半はあるな」

「どうだ、明日にも長屋のおかみさん連を従えて墓参りに参られぬか。留守はそれがしがいたすでな」

「するてえと事が起こるかね」

「やってみぬと分からぬがな」

しばし腕組みして考えていた金兵衛が、

「亭主が仕事に行ったあと、長屋のかみさん連を引き連れて長屋を留守にするの

はせいぜい一刻（二時間）だぜ。おのぶの眠っている寺はさ、霊巌寺といって小名木川の南っかただからね」

「一刻な、事が起こるには十分かのう」

と曽我が首を捻った。

「まあ、試してみるか。ただしだ、こいつはうちだけでやるわけにもいくまい。御用聞きの佐吉親分に知らせておこう」

急ぎ握り飯を食し終えた金兵衛が深川元町の御用聞き佐吉親分を訪ねていった。

その金兵衛が長屋に戻ってきたのは、なんと夕暮れの刻限だ。

「どこへ行っていたのよ、どてらの金兵衛さん」

「おこん、曽我様に聞かなかったか」

「いいえ、曽我様にはなにも。それより凄いわよ、曽我様ったら枯れ松の半分ほどを薪にしたわよ。どこもがあの薪を使って夕餉の仕度をしているわ、よく燃えるんですって」

「ほう、山守どのは働き者ですな」

と金兵衛が感心して長火鉢の前に座し、煙草盆を引き寄せた。

「なんだかよ、おこん、武者ぶるいがしてこないか」

「えっ、むしゃぶるいって、なによ」

「まあいい、おめえたちは明日、長屋の女連を引き連れておのぶの墓参りに行くんだよ」

「どういうことよ」

「どういうこともこういうこともこうなっちゃったんだよ」

「お父っつぁん、説明して」

金兵衛が一服して、おこんに説明を始めた。説明を聞いたおこんがしばし黙り込んでいたが、

「姉さんは承知なの」

「姉さんってだれだい」

「ああ、いいの、達子さんは承知かと聞いているの」

「曽我様が説明していなさろうな」

と言った金兵衛が、

「おれはさ、南町奉行所から大目付の役所なんぞを連れまわされてよ、最後は湯島天神下の黒羽藩の江戸藩邸まで訪ねたんだ。そんでいてどこも茶一杯も出やしない」

「まさかお父っつぁん、その形《なり》で町奉行所だの、曽我様の殿様の大名屋敷を訪ねたということはないわよね」

「それがさ、わたしゃ、元町の佐吉親分の家を訪ねるつもりで出かけたんだよ。致し方ないじゃないか、この形だよ」

「呆れた、お茶が出るわけないでしょ」

「おこん、そうはいうけどぶっ魂消るよ。大目付様ってのはなかなかの威勢だな」

とおこんの分からぬことを言って、

「腹が減った」

と言い足した。


次の日、金兵衛長屋から人影が消えた。

いや、独りだけ曽我蔵之助が枯れ松の丸太をせっせと割っていた。

不意に人の気配がした。辺りを見回したがだれもいなかった。しばし斧を手に身動き一つしなかった曽我が再び斧を振り上げた。

その頃、金兵衛長屋の女連を引き連れた金兵衛は、おのぶの墓の前で草むしりをしていた。

「金兵衛さんさ、一周忌でもないのに、他人様《ひと》の墓の草むしりしてなんのためだね」

とおしまが注文をつけた。

「おしまさんよ、墓参りに理屈がいるのかえ。おめえたちもおのぶとは泣いたり笑ったりした間柄じゃないか。ふと思い付いての墓参りが気に入らないか」

「というわけではないがさ、なんだか妙だよね」

と付け木売りのおくま婆さんが言った。

「おくまさん、今晩の夕餉はこの差配の金兵衛のおごりでね、一杯つけますよ。だからさ、黙っておのぶだろうが、他人様の墓だろうが、草むしりをやりな」

と金兵衛が言った。

「姉様」

とおこんが達子に小声で話しかけた。相変わらず小春は痩せっぽちのおこんの背に括《くく》りつけられていた。

「どうしました、おこん」

姉の達子が妹格のおこんに質した。

尋ねずとも二人して事情は分かっていた。曽我蔵之助一人だけが金兵衛長屋に残っている以上、なにか仕掛けがあってのことだ。

だれもいないはずの差配の家には、過日曽我を訪ねて尋問した南町奉行所の与力笹塚孫一が金兵衛もおこんも知らぬ武家を伴い、未明から潜《ひそ》んでいた。

「姉様、曽我様は大丈夫かしら」

「おこん、そなたは忘れましたか。そなたの兄さんは、山守の熊之助と仲間に呼ばれておることをです」

「あら、兄さんは、山守の熊之助でしたか。確かに枯れ松の上に登っている姿は熊ですね」

「ふっふっふふふ」

と達子とおこんが笑った。

「おこんちゃん、なにかおかしいかえ、おのぶさんの墓の周りの草むしりをすることがさ」

「おたねさん、ごめんなさい。兄さん、いえ、曽我蔵之助様は下野の山の仲間に山守の熊之助と呼ばれているんですってよ」

「熊之助ね、わたしゃ、奥山の見世物小屋で熊を見たことがあるけどさ、あんときの熊より曽我の旦那のほうが熊のようだったよ」
とおたねが笑った。
いつの間にか金兵衛の姿が霊巌寺の墓地から消えていた。

そのとき、曽我蔵之助は斧を振り上げようとして動きを止め、辺りを見回した。
そして、金兵衛長屋の木戸口に立つ深編笠の武家に目を止めた。
(金兵衛どの、仕掛けがうまくいくとよいがな)
と思いながら、
「差配どのはお留守でござる」
と相手に話しかけた。だが、戻ってきたのは沈黙だった。

九

「そなた様は、法師寺内蔵助様の実弟、江戸藩邸の奥目付法師寺正行《まさつら》様にござろうか」
返答までしばし間があった。

「下郎、増長しおったな。山守如き下人の分際で為すべき所業ではない。命を失うことになったとしても己の増上慢《ぞうじょうまん》のせいじゃ」

「ほう、それがしが役目を離れて江戸に出てきたことが気になりますかな」

「なにを考え違いしたか知らぬ。この江戸では、山守が見たことなど、どなたも聞いてはくれぬ」

「下野の山守に戻れと申されますか」

「もはやその道は残されておらぬ、遅いわ」

　奥目付は余裕の態度で言い放った。

「ではそれがし、どういたさば、ようございましょうな。この長屋にて暮らしていけと申されますか」

「江戸におっても目障りでのう」

「それでどなたかに命じられ、わが長屋に入り込み、なんぞ探させましたか。法師寺様、なにを恐れて盗人の真似をさせられましたな」

「おのれ、下郎めが。奥目付のそれがしを盗人呼ばわりいたすか」

「国許《くにもと》であれ、この江戸であれ、他人の住いに忍び込み、無断で持ち物を調べることが許されましょうや」

「曽我蔵之助、そのほうら夫婦、国許からなんぞ持ち出したか」

「やはりそのことを恐れておられますか。それがしの女房は材木問屋常陸屋に奉公しておりましたゆえ、あれこれと見聞きしたことは確か」

「下郎、女房を唆《そその》かして江戸藩邸の殿に訴えようとでも考えたか。身分を知れ、山守風情が増輔様にお目にかかれると思うてか」

「法師寺様、そなた方ご兄弟は、幼き殿は何事も分かるまいと考えたか、われら山守が代々二百年余にわたり守ってきた藩の御用林を伐り倒し、城下の御用達商人常陸屋と組んで、梅雨どき、増水した那珂川の流れを一気に水戸領内の大洗湊へと運び込み、さらに江戸に持ち込んで、御用林を高値で売りはらわれましたな」

曽我の言葉に法師寺正行が愕然とし、なにか言いかけて沈黙した。

「いかなる証があってさような世迷言を江戸の町方役人に訴えたか、山守風情では公儀の政《まつりごと》の仕組みなど分かるまい。ただ訴えただけではどうにもならぬ」

「ならば法師寺正行様、なにを恐れておられます。そのわけをお聞きいたしましょうか。話に得心いたさば、江戸藩邸にて証言してもようござる」

「証言じゃと、山守風情がなにを承知というか」

「そなた様らが恐れておられることのすべてを」

法師寺はまた沈黙した。

「江戸藩邸には兄上の法師寺内蔵助様方の一味は何人おりますな」

「下郎風情が知るべきことに非ず」

「ならば申し上げます。われら一家が江戸に出て、この深川に仮の住いを構えたわけをご存じではありますまいな。この深川の東側には江戸ただ一つの木場がございます」

「それがどうした」

「なんとも広い木場にございましたな。じゃが、代々の山守の眼には己が愛しんで育てた檜材がどこに浮かんでおるか直ぐに分かります。江戸で扱った木材問屋も分かりました。飛驒屋精左衛門《ひだやせいざえもん》様方にございますな。むろん飛驒屋はそなた様方の悪事を知らず、黒羽藩の御用と思うておられます」

「な、なんと」

と法師寺が絶句した。

女衆を寺に残して墓掃除から一足先に帰り、差配の家の裏口から戻っていた金兵衛も表から聞こえてくる曽我の言葉に、

(なんと、あの御仁うちに来る前に木場を下調べしてきたか)

と驚きを隠せなかった。

同席していた江戸町奉行所の与力笹塚孫一がにやりと笑い、

「山守どの、なかなかやりおるわ」

と独白した。だが、同席したもう一人の人物、深沢秀左衛門《ふかざわひでざえもん》は険しい顔を崩さなかった。

「深川の木場は広々としたものじゃぞ、無数ある木材の中から黒羽の御用林の檜がどれか分かるはずもなし」

「奥目付法師寺様、われら山守が伐った御用林には素人衆が分らぬように印が刻み込んであります。かようなことは江戸の御役人衆がすでに調べておられましょう」

「ふっふっふふ」

と法師寺が含み笑いをした。

「下郎、最前からそれがしがいうておることが分からぬか。遠国の黒羽城下で聞き知ったいい加減な話をこの江戸でだれが聞くや。曽我、こたびのこと、そなたら無知蒙昧《むちもうまい》ゆえの所業と目を瞑《つぶ》ってもよい。早々に国許に戻ることも許そう」

「おやおや、こんどは山守の職に戻ることを許されますか、寛容なるお考えでございますな。さて、われら夫婦が赤子を抱いて長旅をしてきたにはそれなりの覚悟があってのことです」

「覚悟とはなにか」

「われら一家三人命を捨てる覚悟にございます」

曽我の返答は明瞭だった。

しゃっ
と驚きの声を正行が上げた。

「作事奉行と山奉行を兼ねられたそなた様の兄御の法師寺内蔵助様と城下の藩御用達材木問屋常陸屋が組んで、この二年にわたり、江戸は木場の材木商に御用林を売りはらい、本来藩に入るべき大金を懐に入れた罪科《つみとが》を明らかにすることでございますよ。この二年余の材木取引きにて、ご一統はいくら稼がれましたな」

「そのほうの思い付きなどだれも耳を傾けぬ。山守風情の話だけでは江戸のどなたも動かぬ」

と同じ言葉を繰り返した法師寺正行が深編笠の縁に片手をかけた。

曽我蔵之助は殺気が背後から襲いきたとき、咄嗟《とっさ》に木株の傍らに転がりながら手にしていた斧を殺気に向かって投げていた。

ばさり
と鮮やかな音を響かせて斧の柄が二つに断たれた音を曽我は転がりながら背で聞いた。殺人者は猫道から現れた。

「山守め、これまでじゃ」

と法師寺正行が言った。

「法師寺様、そなたの嫡男法師寺壱太郎《いちたろう》どのは、那須氏伝来の剣法、那須本流の遣い手だそうでございますな」

曽我は、片膝を着いた姿勢で親の正行に話しかけながらも視線は倅の壱太郎に向け、注意は怠らなかった。

「曽我、そのほう、黒羽藩を無断にて抜けた罪により処断いたす、さよう心得よ」

と正行が宣告した。

差配の金兵衛が、

「笹塚様、さあ、早くなんとかしねえと」

と笹塚孫一に懇願した。

「金兵衛、あの者な、ただの山守ではないわ。未だわれらに隠しておる才がありそうな」

　と応じた深沢が言った。

「だって相手は二人ですよ、それに倅はなんとか流の達人だっていうじゃありませんか。殺されちまいますよ」

　と金兵衛が慌てた。

　だが、笹塚も深沢も平然としたもので、

「笹塚氏、われらも山守どのの覚悟をこの目で確かめようではないか」

　と深沢が誘い、金兵衛長屋の差配の家の腰高障子の戸を静かに引いた。

　そのとき、曽我蔵之助が壱太郎に右腰を隠して立ち上がりかけ、動きを止めた。

「下郎、刀なれば壁に立てかけてある。とらせてもよいぞ」

　壱太郎が斧の柄を断った刀を右手に下げて、言い放った。

「国許に居られる伯父御の法師寺内蔵助様、江戸藩邸の父御の正行様、その嫡子のそなた、法師寺壱太郎様のお三方、大昔に消えた『公知衆』の末裔《まつえい》を標榜して、越権行為の振舞いを藩内にて数多してこられた。信用がおけませせぬ」

　と刀をとる行為を断わり、

「下郎、どこでさような噂話を聞きおったか」

と父親の正行が質した。

「この長屋の差配の金兵衛どのを通じて町奉行所にも公儀にもわれらが国許から出てきた曰くを告げてございます」

「虚言を弄するな」

法師寺正行が言い放った。

そのとき、深沢秀左衛門、笹塚孫一、金兵衛の三人が長屋の木戸口に立った。

背後の気配に正行が振り向いた。

「法師寺どの、われら、見物人でござってな。気になさるな」

と初対面の人物深沢が言い、

「見物人じゃと。どなたか存ぜぬが、この騒ぎ、下野黒羽藩大関家の下士の罪科を正す行いゆえ、お見逃しあれ」

「委細承知じゃ、法師寺正行」

不意に六間堀河岸道から三人目の武家が姿を見せ、声を発した。

うむ、と面体を包んだ声に改めて確かめた法師寺正行が、

「ご、五島《ごとう》用人どのか、な、なぜかような場所に」

「それはこちらが尋ねたき儀よ、法師寺正行。国許へな、殿の上意状を携えた使

者が早馬にて向かっておる。明日にもそのほうの実兄法師寺内蔵助と一味が捕縛《ほばく》されると思え」

「な、なんと」

その問答を聞いていた壱太郎が、

「父上、山守の口を封じれば事は済む」

というと右手に下げていた剣に左手を添えて、

「下郎、代々黒羽藩大関家の禄を食《は》んだとは申せ、山守風情では那須本流の突きの凄みを知るまい」

「法師寺壱太郎どの、いかにも山守風情ゆえ、大関家に伝わる那須本流の技前を知りませぬ。それがしが、山にて相手するは熊、猪、鹿の類、刀では到底太刀打ちできませんでな」

「ならば素手か」

「まあ、そのようなもの」

曽我蔵之助が半身の構えで立ち上がり、素手をぶらりと下げた。

両者、二間半ありやなしやの間合いだ。

「死ね」

小声で言い放った壱太郎が水平に構えて一剣に力を託して潔く踏み込んでいった。

その動きを見た曽我の右手が腰に吊《つ》るした小鉈の柄を掴むや否や、下手投げに放った。

法師寺壱太郎の修練の技と山守の小鉈が交錯し、小鉈が一瞬早く壱太郎の喉《のど》を突き破った。

ぐっ
と呻《うめ》き声を洩らした壱太郎が立ち竦《すく》み、両眼を大きく見開いて驚きとも恐れともつかぬ表情を見せたあと、前のめりに崩れ落ちていった。

「ああ、い、壱太郎」

と法師寺正行が絶叫した。

「おのれ、下郎めが」

父親の正行が己の刀の柄に手をかけ、素手の曽我に走り寄ろうとした。

「お待ちあれ」

深沢の険しい声が正行の動きを止めた。

「要らざる口出しをなす見物人め、何者か」

刀の柄に手をかけた法師寺正行が振り向いて質した。

「それがし、諸大名の御触事を監督差配し、上様にご報告申し上げる御目代、公儀大目付深沢秀左衛門にござる」

「お、大目付」

「とは申せ、そのほうにはこちらにおられる黒羽藩江戸藩邸用人五島十右衛門《じゅうえもん》どのからまず話がござろうな」

と深沢が後ろに身を退いた。

五島は、幼い殿の大関増輔を支える江戸家老鈴木武助正長の腹心であった。

六間堀に止められていた屋根船から南町奉行所の定廻り同心木下三郎助と黒羽藩の小者《こもの》らが姿を見せた。五島用人が最前まで潜んでいた船だ。

「五島様、な、なにごとでござるか」

「そのほうの胸に聞け」

と厳しい口調で五島用人が言い放ち、

「木下、法師寺どのと曽我どのを金兵衛の家に案内してくれぬか」

と笹塚孫一が待機していた木下三郎助に命じた。

金兵衛長屋の差配の家の六畳間をつなげて、大目付主席深沢秀左衛門、南町奉行所与力笹塚孫一、黒羽藩用人五島十右衛門、奥目付法師寺正行、それに曽我蔵之助が集い、金兵衛が隣部屋の片隅に控えた。

最初に発言したのは、大目付主席の深沢であった。

「最前騒ぎに遭遇した折り、それがし、見物人と発言したことをご一統様はお耳になされたはず。つまりそれがし、公儀大目付の立場ではござらぬ」

「深沢様、大目付直々のお調べではないと思うてよいと申されるか」

五島用人が糺した。

「ただ今のところは」

と深沢が応じて、笹塚の、

「町奉行所が関わる騒ぎかどうか、われらも迷うてござる」

との二人の言葉を聞いた金兵衛が、

「過日、町奉行所でも大目付役所でもさらには湯島台下の黒羽藩の江戸屋敷でも、曽我蔵之助様の行いはこの金兵衛が縷々《るる》説明申し上げましたぜ」

と戸惑いの顔で言った。

「金兵衛、分かっておる。だがな、この騒ぎ、公にいたすと黒羽藩のお家断絶も考えられるのだ」

「そ、それは困ります」

曽我蔵之助が狼狽《ろうばい》の体で口をはさんだ。

「ゆえにかようにお互いの立場をはっきりとさせておるところだ」

「笹塚様、つまり内々に始末するということでございますか」

「まあ、そういう言い方もできるな、金兵衛」

と笹塚が答えたとき、墓参りからおこんらが戻ってきて、

「お父っつぁん、何事が起ったの」

ともらし、

「おまえ様、お調べにございますか」

と達子も両腕に小春を抱いて緊張の顔で質した。

「そなたは曽我どのの内儀かな」

と深沢が達子に聞いた。

「はい」

「こちらに来られよ」

深沢が達子をその場に招じた。

おこんが達子の腕から小春を抱きとり、勝手に姿を消した。

座敷では、この日起こった騒ぎの一部始終が笹塚孫一の口から一座に告げられ、終わった。

「お内儀、話は分かったな」

と深沢が念押しした。しばしの間があって、

「承知いたしました」

と潔く応じた達子が、

「わが亭主は法師寺壱太郎様を殺《あや》めた罪で裁かれるのでございますか」

と一座に問うた。

長い沈黙のあと、笹塚が、

「そのことじゃ、そうなると黒羽藩の内情を公儀にも世間にも公にせねばなるまい。それはそなたらの望むことではあるまい」

「ございませぬ」

と五島用人が即答した。

「さあてどうしたものか」

この期に及んでも奥目付法師寺正行は言葉を一言も発することができなかった。

おこんは背に小春を負ぶい、茶を淹れながら思案していた。

未だ黒羽藩江戸藩邸の重臣も町奉行所も公儀の大目付をも信じていいのかどうか、姉の達子は決めきれないでいると思った。最悪の場合、家臣の法師寺壱太郎を斃《たお》した亭主曽我蔵之助は罪科に問われるかもしれないと案じていると思えた。だれかが行動を起こさなければならない。

盆に茶碗を載せたおこんは、

「失礼いたします」

と座敷に入り、

「姉様、お茶を配ってくだされ」

と願った。

戸惑いながらも無言で頷く達子に会釈《えしやく》を返したおこんは仏壇の前に座り、鈴《りん》を鳴らすと、

「おっ母さん、助けてくださいな」

その場の全員がおこんの行いを見ていた。

「おい、おこん、そんな場合じゃないんだよ。おっ母さんのことは後回しだよ、下がんな、勝手に下がんな」

と金兵衛が命じた。

だが、おこんは平然と位牌《いはい》に向かって合掌し、十念を唱え始めた。そうしながら仏壇の背後から紙包みを取り出すと、驚きとも得心ともつかぬ複雑な表情の達子の傍らに座し、

「達子姉、この書付を使うときがきたと思いませんか。こちらには公儀のお方も藩のお偉い方もいらっしゃるのよ。決して悪いようにはしないはずよ」

と差し出した。しばしおこんの手の書付を凝視していた達子が大きく頷いた。

そして、

「おこんさんの手の書付は、黒羽藩の御用林の材木をだれがどう江戸で売ったか、私が材木問屋の常陸屋で見聞きしたことが年余にわたり詳しく認められております。この書付がお役に立ちましょうか」

と一座に落ち着いた声音で述べると、

「おおー」

と黒羽藩江戸藩邸の用人五島十右衛門が驚きとも呻きともつかぬ声で応じた。

「ほうほう、内儀どののもやりおるな。まずそれがしが読ませてもらおうか。いや、五島用人どのに前もって断っておくが公儀が関わらんでよいかどうかを見極めた

いゆえじゃ」

大目付主席深沢が最初に読む曰くを説明し、おこんの手から受け取ると黙読を始めた。数枚読み終わったところで、

「曽我どの、達子どの、きちんと精査された日録でござるな。黒羽藩はそなたらに助けられたと思える」

と言い切った。

一座の沈黙の中、達子が認めた書付を再び深沢が熟読したあと、笹塚ら各人の手から手へと渡っていった。

長い無言の時が経過した。

むろんその場の中で書付を読むことを許されなかったのは、黒羽藩江戸屋敷で奥目付を務める法師寺正行ただ一人であった。

最後に五島用人が読み、

「なんと二年の不正取引で法師寺一族と御用達商人常陸屋が得た金子は千両を超えておるか。黒羽藩は幼い殿から家臣一同、一汁一菜で耐えておるというのになんということが」

と慨嘆し、

「もはや法師寺一族と材木問屋常陸屋の不正は明白に相成った。ご一統様、この書付それがしが預かり、黒羽藩江戸家老鈴木武助に渡してようございましょうか。われら、責任をもって書付の内容を精査し、ご一統様が得心なされる処断を下すことをこの場で約定《やくじょう》いたす。この件、いかがでござろうか」

と願った。

公儀大目付深沢も南町奉行所与力の笹塚も頷き、五島用人が深々と頭を下げて礼を述べた。

十

深川六間堀町の金兵衛長屋から大勢の人々が引き上げた。その中にはすでに半ば罪人扱いの奥目付法師寺正行の悄然《しょうぜん》とした姿が人目を引いた。なにしろ江戸藩邸の重臣ばかりか、不正の事実を公儀大目付、町奉行所に知られていた。その上、曽我蔵之助を始末しようとした嫡子の壱太郎は、山守曽我が投げた小鉈に喉を突かれて死亡していた。

その亡骸《なきがら》は、南町奉行所から黒羽藩江戸藩邸に引き渡されることが大目付と南町奉行所の内々の話で決まっていた。

差配の金兵衛の家に残ったのは、金兵衛とおこん親子、それに曽我蔵之助と達子に小春の五人であった。

刻限はすでに五つ（午後八時）を過ぎていた。

「長い一日でございましたな」

金兵衛が疲れた声で言い、

「差配どの方には迷惑をお掛け申した。なんともお詫びのしようもない」

と曽我が金兵衛に頭を下げた。

「お父っつぁん、曽我様一家はどうなるの」

とおこんが尋ねた。

「達子さんの書付を黒羽藩の江戸藩邸の然るべき重臣方がお読みになれば、こたびの騒ぎは明白になろう。そのあと、改めて形ばかりの曽我様と達子さんへのお調べが行われよう。すべてが終わるのに二、三日はかかろうが、妙な処断は下されまいよ」

金兵衛は笹塚から耳打ちされた話を伝えた。

「妙なしょだんってなによ」

「曽我様方に騒ぎの責めを負わせるってことは一切ないということよ。なにしろ公儀の大目付から町奉行所の与力まで真相を承知しておられるのだ。黒羽藩はお上に得心のいく沙汰《さた》を出さねば、藩が潰《つぶ》れることもあるということよ」

「曽我様方はこれまでどおり長屋で過ごしていいのね」

「おお、店賃を払っておられるのだからな」

金兵衛がおこんに答えたとき、達子が、

「金兵衛さん、おこんさん、大変ご面倒をお掛け申しましたが、曽我と私の願いは江戸で正しい処罰が行われることでした。差配さんの話でその望みが出て参りました。お二人にはお礼の申しようもありません」

と頭を深々と下げた。すると曽我蔵之助も達子に見倣《みなら》った。

「姉様、わたしは達子様を真の姉と思うております。ならばわたしどもは身内です。お父っつぁんもわたしも身内として当然のことを行ったまでです。ねえ、そうでしょう、お父っつぁん」

「おお、御用林を江戸に密かに運んできて売りさばき、法師寺一族と材木問屋で私腹を肥やすなんて不正がよ、土台まかり通る話じゃないよ。それにしても曽我様はまさかあの広い木場でさ、自分たちの育てて伐り出した材木まで確かめていなさったとは驚いたよ」

　と金兵衛が曽我に向かって笑いかけたが、

「それがし山守ら風情には、家臣のどなたもまともに相手にしてくれぬ。じゃがな、われらが何十年と愛しみ育てた木は、こちらの意を汲み取ってくれるでな、どこへ運ばれていかれようと、『ここだ、ここだ』と教えてくれるのじゃ」

　と曽我が言い切った。そして、達子が、

「おこんさん、こたびは、深川の父親と妹に助けられました。正直、ひそかに書きとめた書付を使うべきかどうか、私には判断が付かなかったのです。何年も世話になった奉公先のことですからね」

「達子さんや、ようも内の仏壇に目を付けられましたな」

　金兵衛が質した。

「おのぶさんが亡くなられて未だ一年足らずとお聞きして、長屋においておくより差配さんの仏壇が安心かと思いました。それにしても妹が私の行いを承知していたとは驚きでした」

「それがしも書付のことは承知でも一度として見たことはないでな、まさかあのように克明に記されたものとは知らなんだ」

と曽我が応じた。

達子がおこんを見た。

「姉様とわたし、血は繫《つな》がっておりませんが姉と妹、長屋に何者かが忍び込んで、部屋を搔き回したと聞いたとき、なんとなく姉様がうちのおっ母さんの位牌に手を合わせていた折りになにか願っておられたような気がしたのを思い出したのです」

ふっふっふふ
と笑った達子が、

「妹に促されて、亭主もよう知らぬ書付を役人衆に披露いたしました。このあと、私どもにどのような処罰が下されようとも、悔いはございません。ありがとう、おこん」

と礼を重ねた。

そのとき、

「おーい、差配さんよ、騒ぎが終わったか」

と左官の常次の声がして、

「長屋じゅうでよ、差配と曽我さん夫婦の夕餉を拵《こしら》えたんだよ、女衆が運んでくるがいいな」

　と言った。

「おお、うちは夕餉どころじゃなかったからね。おまえさんらはすでに夕餉を食しましたかな」

「ああ、こちらは食ったぜ」

「ならばこの金兵衛がとっておきの角樽《つのだる》を供そうじゃないか」

　と言い、差配の板の間が宴の席に代わろうとした。

　曽我夫婦が長屋の連中を正座で迎え、

「こたびは真に迷惑と面倒をお掛けいたしました、お詫び申します」

　と頭を下げた。

「なんだよ、おれたちは身内だぜ。おこんちゃんの姉が達子さんっていうじゃないか、夕めしなんて当たり前のことだ」

「いえ、夕餉だけではござらぬ。深川で長屋に住むならば金兵衛長屋と評判であったが、われら、その言葉に従って助けられた」

「なんてことないよ、どてらの金兵衛さんよ、明日の読売には長屋の騒ぎがでかでかと書き立てられないか。曽我の旦那方はよ、もはやこの界隈で芝居の役者並みに顔と名を売ったぜ」

「そこだ、亀吉」

「そこだってなんだ、どてらの金兵衛さんよ」

「男衆も女衆も昼間長屋にいなかったな」

「おお、おれたちは仕事よ、女衆はおのぶさんの墓参りだってな。騒ぎを見たのは」

「長屋では寺から一足先に長屋に戻ったこの金兵衛だけですよ」

「おれたちはだれ一人見ていない、なんとも悔しいな。ともかくよ、大騒ぎだったんだろうから、読売が書き立てても不思議はなかろうじゃないか。あの連中は見たこともねえ騒ぎを見たように書くからね」

「亀吉、いやさ、ご一統、いささか願いがある。いや、願いじゃない、お上の命だ」

「うむ、お上の命だと」

「常次、曽我様の黒羽藩はな、本日の騒ぎが世間に知られると、藩はおとり潰しになることも考えられるそうだ。公方様のおられる江戸を騒がしたんだからな、黒羽藩大関家は藩中の不正をも気付かなかったてんで、お咎《とが》めがあるかもしれないんだとよ」

「そんな馬鹿な、曽我の旦那が相手方のワル侍を小鉈で退治したんだろうが、いい話じゃないか」

「亀吉、その理屈はな、深川界隈だから通じる話だ。下野黒羽藩一万八千石の騒ぎが公儀に知られたとなると、最前話したように曽我様の藩がなくなるかもしれないんだよ」

「知られたとなるとって、大目付やら町奉行所の与力が立ち合っていたんだろ、すでに知られているじゃないか。となると曽我の旦那の藩は、哀《あわ》れにもとり潰しか」

「それは困る」

曽我が亀吉の言葉に動揺して言った。

「というわけで騒ぎはなかったことにする。その代わり大目付も町奉行所も目をつぶると言ってなさるんだ」

と答えた金兵衛がさらに、

「私の勘ではな、曽我様方がこの金兵衛長屋に住まわれたこともない、という話になりそうだな」

「差配さんよ、あの枯れ松を伐って薪にしてくれたのはどこのだれだい」

と植木職人の徳三が質した。

「枯れ松は風に倒れたんだろうよ。そのあと、徳三、そなたらが鋸で挽き切り、みんなで薪づくりをしたんだな」

しばし一座のそれぞれが金兵衛の言葉の意味を考えて沈黙した。

「お父っつぁん、ここにいなさる曽我様と姉様に小春ちゃんは、何者なの」

おこんが父親に尋ねた。

「おれたちの前にいなさる曽我の旦那方三人はよ、現身《うつしみ》のようで幻か幽霊のような一家三人なんだよ」

「そんな馬鹿なことがあるか、曽我の旦那は命を張って藩のワルと戦ったんだろうが。そんな忠義者が幻だって幽霊だって、そんな話があるかよ。差配の金兵衛さんよ」

水飴売りの五作が抗弁した。

幾たび目か、沈黙が座を支配した。

こほん、と空咳をした曽我蔵之助が、

「ご一統、聞いてくだされ。われら遠く下野の黒羽から江戸に出てきた目的はただ一つ、藩内の不正を糾すことであった。そのことで未だ幼い殿の治世下にある黒羽藩がとり潰されるのはそれがしの本意ではござらぬ。大目付どのと町奉行所の与力どのが有難くも寛容に見て見ぬふりをしてくださると申されるのだ。黒羽藩が生き残るためにはそれしか方策はあるまい、と山守のそれがしも考える。ご一統、どうか差配どのの申されることに従っては頂けぬか」

と険しい顔で一同に願った。

場にまたなんとも言えない沈黙が訪れた。

おこんが角樽の栓を開けて、

「曽我様、いや、わたしにとって達子さんが姉ならば、曽我様は義兄さんだわね。こんな折り、六間堀町では酒を飲んで忘れるの。どう茶碗で一杯いかがですか」

と曽我に茶碗を差し出した。

「おお、最前から喉がからからであった。江戸の酒はなんとも美味じゃ。義妹おこんの酌など、最初で最後かのう」

と言いながら曽我が茶碗を受け取った。

翌未明、曽我蔵之助は枯れ松を伐った行き止まり辺りをきれいに掃除した。

金兵衛が湯屋に行く仕度で戸口から出てきたとき、枯れ松の木株に腰を下ろし

ていた曽我が、

「差配どの、今朝は朝湯にいっしょさせてくだされ」

と願った。

「大歓迎ですよ、曽我の旦那」

その言葉を聞いた曽我は長屋に戻り、湯の仕度をしてきて木戸口に待っていた金兵衛といっしょに六間湯に向かった。

その姿を達子とおこんが見送った。

「姉上、うちの長屋を出なければならないので」

「私どもはいつまでもこちらにお世話になりたいわ。だけど藩の重臣方は私どもが金兵衛様の長屋に住まいすることを許されますまいと昨夜亭主と話し合ったところよ」

「なぜなの」

「おこんさん、いえ、妹よ。曽我は未だ黒羽藩大関家下士の山守なのです。藩の命には従うしかございません」

「姉上とようやく親しくなったのに。せめておっ母さんの一周忌まで長屋にいてくれませんか」

「おこんさん、今日明日にも私たちは江戸藩邸に連れていかれると、曽我は考えております。私ども一家三人が金兵衛長屋に住まいしたのは、短い間でしたが決して現《うつつ》のことではなかったわ、こんな楽しい日々はなかった」

おこんが、いやいやをするように首を横に振った。

「おこんさん、そなた、いつの日か父御のもとを離れて奉公に出る気持ちを固めたのではないですか」

「はい」と返事をしたおこんが、

「こたびのことで、深川の外を見るのも修業かな、と強く思い知らされました」

「いつでしたか、妹のおこんに言いましたね。奉公先をよく確かめなさい、そしてそのお店で奉公すると決めたらしっかりと主様に忠義を尽くすのです。私たちが出来なかったことを、妹のおこんにはしてほしいのです」

「姉上方は黒羽藩のだれもが見て見ぬふりをしてきた悪行をお上に知らせたのです。これ以上の忠義心はありません、妹のおこんには分かります」

「ありがとう」

金兵衛と曽我が朝風呂から戻ってきたあと、おこんは達子小春と一緒に六間湯に行った。そして、その湯の帰りに富岡八幡宮《とみおかはちまんぐう》にお参りに行った。

次の朝、金兵衛が朝湯に行こうとしたら、徳三とおいちが木戸口に姿を見せて、

「差配さんよ、お隣さんの気配がしないんだけどな」

と言った。

「どういうことだ」

「どういうことだって、曽我の旦那のところがよ、明け方物音ががたがたとしていたあとな、しーんとして人の気配がないんだよ。おりゃ、厠に行ったとばかりそんときは思っていたんだが、どうもおかしいぜ。いつもなら起きているもの」

「なんだと」

金兵衛は湯の道具を上がりかまちに放り出すとおこんが、

「どうしたのよ、湯道具を放り出して」

と質した。

「おこん、曽我の旦那の長屋に人の気配がないんだと」

「なんですって」

おこんが金兵衛の傍らの土間に飛び下りると、慌てて下駄を履いて木戸口に走った。そのあとを金兵衛と徳三とおいちの夫婦が続いた。

「曽我様、達子姉さん」

おこんが叫びながら腰高障子を叩いた。だが、中からはなんの反応もなかった。

「おこん、開けてみな」

と金兵衛が言い、言葉の前におこんが戸を引き開けた。

がらん、とした九尺二間の長屋は夜具が畳まれ、炊事道具がきちんと片付いていた。

金兵衛は上がりかまちに置かれた書状を見ていた。

「出ていきなさった」

と金兵衛が呟き、おこんが敷居を跨《また》いで上がりかまちの前に立った。そこには、

「差配金兵衛様」

「妹おこん様」

と男文字と女文字の二通の書状があった。

金兵衛が自分に宛てられた書状を摑み、文を披《ひら》いた。なかから一両小判が上がりかまちに落ちた。おこんは達子の手跡の文を手にしたが、ぶ厚い文を披くことはしなかった。

「おい、どうしたよ」

と空き家になった戸口の前に立った常次ら住人が金兵衛に質した。

「まあ、待て。曽我様の文を読んで聞かせるでな」

と言った金兵衛が声を上げて読み始めた。

「差配金兵衛様、長屋のご一統様
大変な世話になりながら、別離の挨拶もなく立ち退く非礼をお許し下され。われら、今度の騒ぎのお調べのために藩邸に移ることになり申した。とはいえ、公儀も承知の騒ぎゆえ、われら夫婦に処罰が下るとは思われませぬが、先々のことは全くわれら風情には推測も出来ませぬ。

金兵衛長屋の日々、楽しゅうございました。最初の日の夕餉に招かれた折りの焼魚と白めし美味《おい》しゅうございました。また幾たびか馳走になった下り酒の味、至福にございました。

金兵衛様、ご一統様、名残り惜しゅうございます。山守とは申せ、宮仕えの身である以上、藩命に従い、身の処遇を甘んじて受け止める所存にございます。同梱の一両は六間堀町の暮らしの細やかなる礼にございます。ご一統様で宴の折りの足しにして下され。

曽我蔵之助拝」

だれもなにも言わなかった。

おくま婆が声を上げて泣き出した。

おこんは手にした達子からの文を懐に深く差し込み、涙が流れるのを必死でこらえて木戸口を出ると、行き止まりの木株を見た。

(達子姉、まだまだ相談事があったのよ)

妹は姉に向かって言った。

(おこんさん、妹よ、あなたは一番苦しい道を歩むことを知る娘よ。姉はなにも案じていませんからね)

という声が胸に聞こえた。

「お侍さん、もう戻ってこないのかい」

おしまの声が寂し気に六間堀町金兵衛長屋の溝板に響いた。

だれも答えられる者はいなかった。

おこんは、

(夏へと季節が移ろっていくわ)

と思いながら梅の若葉に潤んだ眼をやった。

第二話　跡継ぎ

序

由蔵《よしぞう》がその娘に会ったのは明和四年（一七六七）、逃げ水がゆらゆらと立つ夏の昼下がりのことであった。

両替商今津屋《いまづや》の筆頭支配人由蔵は愛宕権現社西側の屋敷町、その名も西久保城山土取場と呼ばれる屋敷道に出たところだった。

この界隈は、元禄《げんろく》四年（一六九一）に葺手町《ふきでちよう》の名主小兵衛が御城作事用の砂御採取を命じられた場所で、それがために武家地に変わっても御砂取場とか、城山土取場などという無粋な里名で呼ばれていた。

この年は格別に暑い夏で、八つ半（午後三時）を過ぎたというのにぎらぎらと白い光が土取場を照らし付け、由蔵の背を焦がしていた。

由蔵は元御書院番四千三百石の最上丹波守氏兼家から用立金三百余両のうち、二刻（四時間）粘りに粘ってなんとか七十五両を受け取り、屋敷を出た。

それは五年ぶりの返金だった。

最上家は先祖が長崎奉行を務めたほどの大身旗本《たいしんはたもと》だ。その折り身代を築いたが、二代前から財政が逼迫《ひっぱく》し、

「奉公芳しからず」

と御書院番を外され、寄合席に入らされていた。

貧すれば鈍するの喩《たと》えどおり、当代の氏兼は中間部屋で時折り賭場《とば》を開いて寺銭《てらせん》を稼ぐ始末。今津屋が三百両を用立てたのも先代以来の借財の一部であった。

お店《たな》を出るとき、老分《ろうぶん》番頭の伴蔵《ともぞう》から、

「由蔵、無駄足は承知で訪ねてみなされ。長年の用立金を忘れられてもいけませんん」

と言われてお店を後にしてきたのだ。七十五両なら、暑い最中に足を運んだ甲斐《かい》があったというものだ。

由蔵は、

ふうっ

と一つ息をつくと慌てて口を閉じた。熱した空気が肺に入ってきたからだ。金魚のように口をぱくぱくと小刻みに開いて喉に入った熱気を外に逃がし、すかさず武家屋敷の白壁塀が作る陰に逃げ込んだ。すると屋敷の塀と塀の間から娘が顔を覗かせて、

きょろきょろ

と辺りを窺った。

娘の顔の背後、天徳寺の塀の外に植えられた夾竹桃《きょうちくとう》の赤と白を背景に逃げ水が、

ゆらゆら

と立っていた。

娘が着ている縦縞木綿《たてじまもめん》はこざっぱりとしていたが、何度か水に潜った様子があった。

由蔵が目を見張ったのは、痩せっぽちの娘の聡明そうな瞳のせいだった。きらきらと光り、その上、陽光にうっすらと焼けた顔が鄙《ひな》には稀《まれ》な美しさだったことだ。

由蔵と目が合った。

娘は由蔵の風体を確かめるふうに見ると、

「この界隈に最上丹波守様のお屋敷がございましょうか」

と丁寧な口調で訊いた。

「最上様なら承知です。私もたった今、お屋敷に御用で伺ったところですよ」

と由蔵が答えると、娘はほっと安堵の表情を見せて、

「よかった」

と呟いた。

額に光る汗が娘を一層美しく輝かせていた。

「娘さんは、この界隈の人ではないようだが」

由蔵には、娘の身形《みなり》からして在所育ちとは思えなかった。かといって江戸の町中住まいの娘とも思えない。

「深川から参りました」

「深川からですと。それはまた遠出したものだ」

由蔵は、曰くがありそうな娘に最上家の門前を指して教えた。

「ありがとうございました」

と娘は行きかけたが、由蔵を振り返ると、にっこりと笑った。すると白壁塀に

反射した光が娘の歯を白く浮かばせた。

「娘さん、御用で参られたか」

娘が頷き、素直に答えた。

「ご用人の棟近《むねちか》様にお目にかかって、ご奉公を願おうと参りました」

「ご用人の棟近様とは棟近八兵衛《はちべえ》様のことですな」

「はい」

「棟近様は数年前に亡くなられましたよ」

えっ、と驚きの声を上げた娘が困惑の表情を見せた。すると一気に力が抜けたようで、まだ幼さの残る顔が泣き崩れそうになった。だが、気丈にも踏み止《とど》まり、

「確かなことにございますか」

と念を押した。

「確かです。ただ今のご用人は、新しく雇い入れられた生田《いくた》正兵衛《しょうべえ》様です。お目にかかってきたばかりですから間違いはありませんよ」

「どうしよう」

と娘が呟いた。

「娘さん、私は両国西広小路の両替商今津屋の番頭、由蔵です。仔細《しさい》を話してみ

ませんか。うちも最上様とは長いお付き合いだ、口利きくらいできるかもしれませんよ」

由蔵は思わず口にしていた。

娘は迷ったふうで沈黙していたが、

「今津屋さん、ですか」

「知っておられるか」

歳は十三、四か。娘は小首を傾げ、横に振った。

由蔵は、深川住まいの娘では両替商の今津屋がどのようなお店か分かるまいと話を進めた。

「最上様に住み込み奉公をなさりたいので」

「死んだおっ母さんが一時《いっとき》奉公しておりました」

「おっ母さんの跡を継ぎたいのですな」

「お父っつぁんが分からず屋で、なかなか奉公を認めてくれないので家を出てきたのです」

娘が決然と答えたがその襟元《えりもと》には書状の端が覗いていた。

親子喧嘩《げんか》の末に屋敷奉公を思い付いたらしい。

「そのような事情ならば一日二日を急ぐことでもなさそうだ。道々お話ししますよ」

訪ねた用人がこの世の人ではないと聞かされた娘は、決心が揺らいでいた。由蔵が天徳寺のほうへ歩き出すと娘も一緒に従ってきた。

「いくつになりますか」

「十四です」

十四歳にしては華奢《きやしや》な体付きだった。

「奉公にはよい年頃です。だが、最上様はいけません。出入りのお屋敷の悪口を他人様に洩らすのはお店の御法度《ごはつと》ですが、みすみすおまえ様が最上様の自堕落な家風に染まるのを見過ごすわけにはいきません」

娘が由蔵の顔をちらりと見上げ、

「最上様の内情が知りたいですかな」

という由蔵の問いにこっくりと頷いた。

「差し障りのないところで話します」

と前置きして最上家の窮状《きゆうじよう》を話し、

「中間部屋で賭場が開かれるようなところに奉公したいですか」

と念を押すと、娘は利発そうな顔を激しく横へ振った。

二人は神谷町と葺手町の辻《つじ》に差しかかり、斜めに傾いた西日が二人の左手から射し込む西久保通を北に曲がった。さらに大名家の上屋敷が続く藪小路《やぶこうじ》へと折れ、愛宕下へ出ようとした。すると肥後《ひご》人吉《ひとよし》藩相良《さがら》家の門前へと入っていこうとしていた、供を従えた乗り物がふいに止まり、扉が開かれた。

「由蔵」

と名を呼ばれた。

由蔵はすぐに相良家の留守居役と気付き、

「おや、西森《にしもり》様、お暑い最中、外出《そとで》にございましたか」

「貧乏暇なしでな。あちらこちらと走り回っておる。今津屋にも近々顔出ししたいと思うておったところだ。よいか」

「いつなりとお待ちしております」

と由蔵が夏羽織の腰を折って頭を下げると、西森の顔にほっと安堵の色が漂った。

「西森様、本日はこれで」

由蔵が別れの挨拶をすると、

「由蔵、本日はそなたと会《お》うて最後にツキが巡ってきたぞ」

と西森が嬉しそうに破顔し、乗り物が屋敷へと消えた。

「番頭さん、こちらもお得意様ですか」

娘がようやく今津屋に関心を持ったように問うた。

「お武家様はどちらも内所が苦しゅうございますでな。よいか、娘さん、武家奉公をしたいのなら、とくと内情を調べた上でなければいけませんよ」

と注意した。

娘の手が襟元の書状に置かれた。

「姉」が「妹」に残した文であった。娘は姉からの長い文を幾たびも読み返して空で覚えていた。その中でも大好きな文章があった。


「十四歳の妹が芝居町を訪ねたとき、『顔見世や　この二丁町　明けの春』という五七五を引き合いに出し、江戸の官許の芝居町の呼び名が二丁町であり、十一月に顔見世興行をやって新しい年のお芝居が始まるから二丁町では十一月の初めを『芝居正月』と呼ぶことを田舎者の姉に教えてくれましたね。

妹よ、そなたは賢い娘です、信念をもって自分の道を切りひらいていきなされ。

わが亭主が愛しんできた木のために命をかけて江戸へと旅した覚悟を思い出してくだされ。そなたの姉は亭主どのの信念に従ったに過ぎません。私どもの行く手にどのような出来事が待ち受けているか存じませんが、わが亭主とそなたの姉は、江戸訪問に一片の悔いもありません。

妹よ、そなたが江戸のことを何一つ知らぬ姉に、江戸のあちらこちらを案内し、説明してくれました。

妹のそなたが母御亡きあと、父御の手助けをしている姿に私ども夫婦はどれほど勇気づけられましたか。

もう一度、わが娘を負ぶった妹に会いたい、大家さんとお話がしたい、長屋のご一統方と笑い合いたいと思います。いつの日か、その日がくることを妹よ、姉のために祈ってください」

この姉の一文が娘に行動を起こさせたのだ。

娘は姉からの書状から手を離して尋ねた。

「番頭さんは奉公先の内所がお分かりですか」

「表向き、奥向きと、諸々の金子の御用立てをいたしますから、およそのところは分かります」

娘は独り合点した。

二人が二葉町から芝口町に差しかかったとき、河岸道から、
ぷーん
とよい香りが漂ってきた。

屋台の鰻屋が店を出したばかりの様子だった。

江戸では宝暦の末期から鰻の大蒲焼《おおかばやき》が流行《はや》り始めた。新しい鰻の調理法が京で始まり、食い道楽の大坂に伝わり、それが江戸へと伝播《でんぱ》してきたものだ。江戸に移り、鰻を蒸す手間を加えて江戸っ子の舌にぴたりと合った。

大川を中心に堀が多い江戸では鰻が多く捕れた。この、

「江戸前」

の鰻が蒲焼には最上とされ賞味された。だが、需要が増えるにつれ、江戸以外からも鰻が入ってきた。これらの鰻は、

「旅鰻《たびうなぎ》」

と称され、一段も二段も下等とされた。

「辻焼《つじやき》の鰻はみんな江戸後《うしろ》」

と川柳に揶揄された辻焼の蒲焼の匂《にお》いがなんとも香ばしい。

娘が思わずくんくんと愛らしい鼻を鳴らした。

「お腹が空いておられるか」

「いえ」

娘は激しく顔を振った。

「私はな、最上様のお屋敷で昼前から待たされ、昼餉を抜いて腹ぺこです。それと前々から一度辻焼の鰻を食してみたかった。どうです、娘さん、付き合《お》うてくれませんか。それとも年頃の娘が辻で食べるのははしたないかな」

由蔵の言葉に娘が、

「蒲焼は食したいけど、いくらでしょう」

と懐具合を案じた。

「お付き合いくださるなら私が馳走しますすよ。なあに、往来の人は親子で腹が減っておるかと通り過ぎます」

と言うと由蔵は、

「親父さん、蒲焼を二串くれませんか」

と注文した。

旅鰻であったにしても、腹が空いていた二人には最上の美味だった。

「ほれ、口の端に垂れが付いておりますよ。お拭《ふ》きなさい」

と由蔵が手拭《てぬぐ》いを差し出すと、

「持っています」

と袖から手拭いを出して娘が口を拭き、

「番頭さん、こんな美味しいもの生まれて初めてです」

と満足げな笑みを浮かべた。

「お店にもそなたのお父っつぁんにも内緒ですよ」

「番頭さん、約束ね」

娘が小指を差し出し、由蔵は一瞬何事かと迷ったが、指きりげんまんだと分かった。

「指きりげんまん、嘘《うそ》ついたら針千本飲ます」

河岸道で慌ただしい指きりが行われ、にっこりと笑い合った二人は実の父と娘のように東海道を日本橋に向かった。

「おっ母様はいつ亡くなられた」

「すぐに一周忌が巡って参ります」

「そなたが十三のときに亡くなられたか。兄弟はおられるかな」

「一人娘です」

「親父様と二人だけでは寂しかろう」

「煩《うるさ》いんです」

「そりゃ当然です」

「どうしてですか」

「器量よしの娘を持てば親父様は心配して当然、娘可愛さですよ。なにがあったか知りませんが、おっ母様が亡くなられて親父様も寂しいのですよ。許してあげなされ」

　娘は由蔵の言葉には答えなかった。だが、なにか迷い、考える風情で黙々と歩いていたが、

「番頭さんは、お子が、いえ、お嫁さんがおられますか」

　と突然問うた。

「お店の奉公人は、通いになるか暖簾分けしてもらうかしか所帯は持てませんよ」

「あら、おかしいわ」

「おかしくてもそれがお店の慣わしです」

由蔵がそう答え、物思う風情を見せた。だが、すぐにその表情を消し、話柄を転じた。

「ほんとうに屋敷奉公がお望みですか」

「よく分かりません」

と答えた娘は、

「お父っつぁんと口喧嘩した勢いで思い付いたことかもしれません」

と正直に答えた。

由蔵は、娘が亡き母親の思い出を辿って、無意識のうちに最上家の奉公を思い立ったのではと考えた。

「いずれにしても最上様はいけません」

「はい」

「いいですか。奉公がしたければ今津屋へおいでなさい。うちは御三家から大身旗本まで、武家方と商い上の付き合いがあります。本気なら、旦那様に願《ねご》うてどこへなりとも紹介していただきますよ」

「ほんとですか」

「嘘は言いません」

と答えた由蔵が忠告した。

「ですが奉公はあと一年お待ちなさい」

娘が不思議そうな顔をした。

「そなたがしっかり者というのはもう分かりました。だが、まだ体ができておりません。親父様のもとであと一年暮らせば、五体もしっかりとしてきます」

由蔵は娘が金子に困っての奉公志願ではないと見ていた。町人の娘だが、九尺二間の裏長屋暮らしとも思えなかった。

「一年ですか」

娘が遠くを見る目付きをした。そして、足を止めると、

「本日は真に有難うございました」

と往来の真ん中で丁寧に腰を折って頭を下げ、幽《かそけ》くなった逃げ水の中に溶け込むように姿を消した。

由蔵は娘の姿が見えなくなるまでしばらく目で追っていたが、

（これは夢ではあるまいか）

と痩せっぽちの娘に出会ったことが白昼夢ではなかったかと漠然と考えていた。

一

明和五年(一七六八)仲秋《ちゅうしゅう》、由蔵は今津屋の大旦那《おおだんな》の吉右衛門《きちえもん》のお供で川向こうに行き、猪牙舟《ちょき》で両国橋から神田川に入ろうとしていた。すると両国橋西詰から両国西広小路河岸道、橋上に、大勢の人だかりができて川面を覗き込み、大騒ぎしていた。

「船頭さん、なんですな、あの騒ぎ」

秋の陽射しにうんざりしていた吉右衛門が、馴染みの船宿川清の船頭良蔵《よしぞう》に訊いた。

「大旦那、なんぞ新しい見世物が到来しましたかね。舟を近付けてみますかい」

良蔵も首を捻り、尋ねた。

「そうしておくれ」

吉右衛門が好奇心を湧《わ》かせ、良蔵が心得て舳先《へさき》を回した。

今津屋の大旦那の吉右衛門は数年前に内儀のお蓑《みの》を亡くし、以来なんとなく昔の元気をなくしていた。ために今津屋の商いの大半は倅の総太郎《そうたろう》が任される格好

になり、

「旦那」

と呼ばれていた。大旦那と呼ばれる吉右衛門は半ば現役半ば隠居の身だ。

「大旦那、川岸に大きな囲いができて、なんぞ大魚が泳いでいますよ」

と良蔵が言い、舳先に座っていた由蔵も片手で陽射しを避けて覗いた。

囲いができていると良蔵が言ったのは、両国橋の下流側、橋桁《はしげた》と下之御召場との間の船着場の一角だ。

由蔵も白く光るのっぺりとしたひれが動くのを見た。橋の上から、

「でけえオバケだぜ。十尺を超えてるぜ」

「芝浦に迷い込んで漁師の網にかかったとよ」

「食えるのか」

「馬鹿、食ってどうする。見世物で銭を取ろうって算段だ」

と言い交わす野次馬の声が降ってきた。

両国西広小路では珍奇なものならなんでも見世物になり、客を呼んだ。

「大旦那、こいつは房州《ぼうしゅう》辺りの漁師がマンボウと呼ぶ鮫《さめ》の一種でさ。白く透《す》き通ったような肌で鱗《うろこ》はねえ。のんびりした面は愛嬌《あいきょう》があって大人しい。食べられる

と言いますがねえ、陸に上げるとすぐに身崩れするらしい。だから、魚河岸なんぞには上がらねえ魚でさ」

船頭の良蔵はさすがに物識《ものし》りだった。

幅奥行十数間ほどの囲い場で、マンボウなる魚は悠々と泳いでいた。

「大旦那様、広小路がまた賑やかになります」

由蔵も初めて見るマンボウに驚きの声で吉右衛門に話しかけた。

「江戸の人は物好きですからな、珍しいものなら人頭馬体の怪しげな見世物にも何十文の木戸銭を払いなさる。このマンボウも人を呼び、興行師の懐を潤すことでしょう」

と応じた吉右衛門が、

「良蔵さん、猪牙を浅草橋に回しておくれ」

と命じ、再び良蔵が櫓《ろ》に力を入れた。

猪牙舟はいったん橋の下の日陰に入り、上流へと出た。

その瞬間、由蔵はだれかに見られているような感じがして胸が騒いだ。

この数日、何度かあったことだ。

由蔵はゆっくりと視線を巡らし、橋上や河岸道を見たが、あまりの人の群れにどこに紛れて見ているのか分からなかった。またその視線が吉右衛門に向けられたものか、あるいは由蔵か。確かに猪牙舟に向けて粘り付くような視線がどこからともなく向けられていた。

吉右衛門は格別異変を感じたふうもなく、秋の陽射しが照らし付ける川面を見ていた。

(やはり私に向けられたものだ)

と由蔵が思ったとき、吉右衛門がふいに、

「由蔵、伴蔵がそろそろ奉公を辞して隠居がしたいと言い出しましてな」

と言った。

伴蔵は今津屋に十三で小僧に入って以来、五十数年勤め上げ、今津屋の奉公人の最高位老分番頭にまで昇り詰めていた。二十年前には株分けして両替商にならないかという話もあったようだが、

「主《あるじ》向きではございません」

と断り、その代わり、通い番頭として店の裏手の横山同朋町《よこやまどうぼうちょう》に所帯を持つことを許されていた。

「えっ、それはまた突然のことで。老分さんはお店にとってまだまだ大事なお方、

総太郎様の右腕にございます」

「いかにもさようですが、伴蔵は私と年齢が一緒、還暦を何年も前に過ぎております し、孫も三人もいる。私が吉右衛門の名を総太郎に譲るのを見届け、楽隠居して孫の世話をしたい気持ちも分かります」

「それは困ります」

「由蔵、お店は時に人材を新しくしなければ商いが澱《よど》みます。私も伴蔵も商いの場から辞す時が来たようです」

今津屋は総太郎の新吉右衛門体制に移行すると、大旦那の吉右衛門は静かに宣言していた。

「それは」

思いがけない吉右衛門の告白に由蔵は言葉を返すことができなかった。

猪牙舟が浅草御門下の船着場に着き、

「ご苦労でした」

と吉右衛門が矍鑠《かくしゃく》とした足取りで石段を上がっていった。

「良蔵さん、心得ていなさろうが、ただ今の大旦那様の話、胸に仕舞っておいてくださいな」

「番頭さん、船頭は船の中のことは見ざる言わざる聞かざるが決まりだ。安心しなせえ」

「有難い」

由蔵は礼を言うと吉右衛門の後を追って石段を小走りに上りながら、

（大旦那様はなぜ突然あんな話を船で持ち出したのだろう）

と考えていた。

両替商今津屋は両国西広小路の一角に面する、米沢町の角に分銅《ふんどう》看板を掲げる大店《おおだな》だった。

この日も店頭は、金銀相場を確かめに来た客や明日の釣銭を両替に来た手代《てだい》や棒手振りで込み合っていた。その店の前に場違いの父娘《おやこ》が立って店の様子を窺っていた。

「両替商たって並の大きさじゃねえな」

慣れない羽織を着た父親が怯《おび》えたように娘に言った。

父親は間口十七間奥行き二十二間の堂々たる総二階建ての構えと、次から次へと出入りする客に圧倒されたように両眼を凝らして見ていた。

客の中には大身の武家の留守居役か家老と思える人物が乗り物で乗り付け、奥へと通っていった。

「こりゃ、桂庵《けいあん》と違わあ。おめえの奉公口を紹介していただけるお店じゃねえな」

「どうしてなの、お父っつぁん」

娘のほうは動じたふうもない。

「両替商といえば大金を扱うお店の中のお店だ。どこぞの武家屋敷に奉公口をお願い申しますなんてよ、手土産《てみやげ》一つも持たずに頼めるものか。身許の請け人だって然るべきお方に頼まなきゃなるめえ。川向こうで、裏長屋を細々と差配しているようなうちじゃ無理だな」

父親は腰が引けていた。

だが、痩せっぽちの娘は、

「だって番頭さんがいらっしゃいと言ってくれたのよ」

と言い張った。

「一年も前のことだ。番頭さんだって忘れていなさるよ」

一年前、父と娘が些細《ささい》なことで言い合った末に娘が、ふっ、と姿を消し、あちらこちらと知り合いに問い合わせている最中、憑《つ》き物が落ちたような表情で深川六間堀に戻ってきた。行方知れずになった娘の身を案じていた父親に、

「お父っつぁん、私、一年経ったら奉公に出るわ」

と宣言したものだ。

今津屋の中から大身旗本の用人と思える武家が姿を見せた。

「よしなに頼むぞ、番頭どの」

と横柄な態度とは裏腹に、その語調には揉み手でもしかねない様子があった。

番頭がにこやかに頷くと、用人は乗り物に乗り込み、今津屋前から去っていった。

「見たか。客は何千石のお武家様だ」

父親は言外に、

（深川に戻ろう）

と娘に言っていた。

そのとき、

「大旦那様、お帰りなさい」

と客の見送りに出ていた番頭が叫び、店の中から数人の奉公人が飛び出してき

て出迎えた。

父娘は今津屋の大旦那の貫禄と奉公人の様子に圧倒され、娘も父親の背に隠れた。

「おや、覚えておられましたか」

娘に声がかかった。

父親の背中から娘がちらりと顔を覗かせると、一年前に出会った番頭の由蔵が雑踏の中、にこやかに笑って立っていた。

「一年過ぎても見えないから、どこぞに奉公口でも見つけられたかと思うていましたよ」

と由蔵が言い、店に入りかけた大旦那の吉右衛門が、

「由蔵、知り合いですか」

「大旦那様、一年前、最上様のお屋敷に奉公しようとしていた娘さんと出会うたと申し上げましたが、あのときの娘さんです」

「おおっ、思い出した。最上様はいけません」

と吉右衛門が声を潜め、由蔵が羽織の男に、

「親父様ですか」

「へえっ、深川六間堀町で長屋の差配をしております」

「ご奉公の話で参られましたか」

「番頭さん、娘の言葉を信じてここまでやって来ましたが、こりゃ、いけねえや。うちらが気軽に声をかけられるお店じゃございません。一年前はようも説得してくださいました、お礼を申します。わっしらはこれで失礼申します」

父親が娘の手を取って両国橋へ戻ろうとした。

「お待ちなさい」

大旦那の吉右衛門が娘の聡明そうな顔をひたと見ると、

「番頭が今津屋の名を出して約定したことは、この吉右衛門が約束したことと同じです。ご相談に乗りましょう。由蔵、お二人を奥へ」

と命じると、吉右衛門は店へと入っていった。すると大勢の奉公人が、

「大旦那様、お帰りなさい」

と声を和すように迎えた。

由蔵が二人を店の土間から奥へと繋がる三和土《たたき》廊下を案内しながら、

「あのとき、名前を聞くのを忘れてしまい、そのような大事の相談を受けながら、名前を聞き洩らすとはどういうことです、とあとで大旦那様にも老分さんにも叱

られました。娘さん、名はなんと申されますな」

と訊くと父親が、

「この痩せっぽちですかえ。おこんでさ」

と答えたものだ。


この日、金兵衛とおこんの父娘はいきなり今津屋の奥座敷に通された。そこには総太郎の女房お艶《えん》がいて、舅《しゅうと》の吉右衛門に茶を供していた。

「大旦那様、お内儀様、いつぞや話した娘のおこんさんと親父様の金兵衛さんです」

と改めて由蔵が紹介した。

二人は今津屋の店に圧倒され、奥に連れてこられるとその佇《たたず》まいにさらに尻込《しりご》みして、金兵衛は廊下にぺたりと座り、おこんは父親の背に隠れるようにしていた。

見世物小屋などが並ぶ両国西広小路に今津屋の店頭は面していた。だが、奥座敷には泉水に落ちる水音だけが静かに響いて別世界だ。

「おこんさん、ここでは遠慮は無用ですよ。こちらにお入りなさい」

お艶が二人を座敷に招じ入れた。

「おこんさんは武家奉公がなさりたいのですね」

お艶が茶を用意しながら訊いた。

吉右衛門や由蔵がいろいろ尋ねてはおこんが萎縮《いしゅく》すると思ったからだ。

「いいえ、武家奉公はやめました」

おこんははっきりと答え、

「おや、一年前は最上様にご奉公したい一心で、深川から御土取場まで遠出してきたのでは」

と由蔵が一年の娘の心境の変化に驚いて訊いた。

「確かに一年前、おっ母さんのように同じ最上様のお屋敷で奉公をと考えておりました。こちらの番頭さんに話を聞かされ、深川に戻ってあれこれと調べました。すると最上様に限らずお武家様はどこも内所が苦しいことが分かりました」

「ほう、調べたとはどちらでですかな」

おこんに関心を持ったか、吉右衛門が訊いた。

「お屋敷の内所を知るには、米・味噌・油など出入りする御用聞きに聞くのが一番確かと考えました。そこで深川近辺のお屋敷に出入りする油屋の手代さんや米屋の小僧さんに訊いて、およそのところが分かりました。深川では手代も小僧もみんな知り合いなんです」

「それで」

「門構えの立派なお屋敷も長年支払いが滞っているところばかり、中には中間女中衆の給金も支払えない大名家があることが分かりました」

「おこん、おまえは」

金兵衛が呆れた顔で袖を引っ張った。

「ふむふむ、奉公する屋敷から給金がちゃんと支払われるかどうかは大事なことです。よいところに目を付けましたな」

吉右衛門が娘の知恵に感心したように褒めた。

「大旦那様、これから世の中はお武家様より商いに携わる方々が力を得て動かしていかれます。こんはお店奉公がしとうございます」

「おや、これは」

と当てが外れた由蔵が吉右衛門を、次いでお艶を見た。

「おこんさん、お店奉公と言いましても、江戸にはお店は何千軒とございますよ。お店ならばどこでもよいのですか」

笑みを湛《たた》えたお艶が金兵衛父娘と由蔵にお茶を差し出しながら訊いた。

「お内儀様、どこでもよいわけではございません。当てはございます」

「ならばご紹介しましょうかな。この今津屋が直に知らなくとも、知り合いくらいは見付けられますでな」

吉右衛門が鷹揚に応じ、金兵衛が、

「今津屋の大旦那様、うちは請け人なんてまともに用意できませんよ」

と慌てて言った。

「請け人が要るかどうか、おこんさんの意中のお店次第です」

吉右衛門が平然と受け流し、おこんの顔を見ると返事を催促した。

「こんは、今津屋様にご奉公しとうございます」

なんともはっきりとした答えだった。

「なんと、うちでしたか」

吉右衛門がなんとなく得心したように呟き、質した。

「その理由を聞かせてくれますか」

おこんがこっくりと頷いた。

「川向こうの東広小路にもこちらと同じ両替屋がございます。お店の名は申せませんが、その家の娘さんとは、同じお師匠さんのもとで踊りを習う仲間です。だからなんでも話せる仲なんです」

「その両替屋の娘さんからうちのことを聞きましたか」

「お店の手代さんと会わせてくれたんです」

「うむうむ、それで」

吉右衛門がおこんのほうに身を乗り出し、お艶が笑った。

「今津屋さんなら江戸両替商六百軒の中でも三指に入る大店、主も奉公人もしっかりしたお店と、手代さんが聞かせてくれました」

「由蔵、この娘さんは、うちの内情を調べた上で乗り込んできましたぞ」

吉右衛門が満足げに笑い、由蔵が困惑の表情を見せ、お艶がさらに微笑《ほほえ》んだ。

「一度ならずお店の様子を遠くから見せていただきました。奉公人の客への応対一つ、表の掃除具合一つで、そのお店がしっかりしたところかどうか分かります」

「これはまた念の入ったことですね。おこんさん、うちはどうでした」

「お内儀様、朝昼夕と確かめましたが、奉公人のだれ一人として気が弛《ゆる》んだお方はいらっしゃいません。これは主の躾《しつけ》がしっかりしている証《あかし》です」

「おこん、深川生まれの娘が御用聞きの真似なんぞしちゃいけねえ。お父っつぁんは恥ずかしくて顔が上げられねえや」

と顔を伏せた金兵衛が困惑の様子を見せた。

「由蔵、そなたが声をかけた娘さんです。どうなさるな」

「大旦那様、まさかうちに奉公とは考えもしませんでした」

「そなたは見ず知らずの娘にたれかれとなく奉公先を約定するのですか」

「いえ、そのようなことは決してございません」

「では、なぜ一年前、おこんさんにそのような言葉をかけたのです」

由蔵が、

ふうっ

と息を吐き、しばらく考えた上に、

「大旦那様、なぜとはっきりとした訳は私にも答えられません。ですが、この娘さんを見たとき、俗な言い方で申し訳ございませんが、磨けば光る玉、と思いました。ご覧のとおり体付きは未だ細うございますが、頭はしっかりとして大人以上、なかなか利発聡明、礼儀も言葉遣いもはきはきとして心得ております。そこでこの娘さんなら、どんな世界でも一廉《ひとかど》の女衆として出世しようと思うたのでございます」

吉右衛門が頷き、

「お艶、そなたはどうか」

と訊いた。

「奥向きの女衆が一人いてもよろしいのではございませんか」

嫁のお艶があっさりと答えた。

「おこんさんはまだ幼いぞ」

「十四、五は未だ娘です、お舅様。それから先は急に体付きが変わって女の体になります」

「と、お艶が言うておるが、親父どの、おこんさんを今津屋に奉公に出す気はございますかな」

「はっ、へえ」

吉右衛門の言葉の意味をどう捉えていいか、金兵衛が目を白黒させて、

「深川育ちの小娘が今津屋さんのような大店に奉公できましょうか」

と自問するように呟いた。

「ただ今、倅の総太郎は大事な御用で高崎城下に参り、江戸を不在にしておりま

すが、総太郎には私からあとで許しを得ることにいたします。どうだね、由蔵」

「大旦那様、私からもお願い申します」

と由蔵が頭を下げ、

「なら由蔵と相談して、吉日を選んでうちにおいでなされ」

と吉右衛門が請け合い、金兵衛がその場に、
がばっ
と伏せると、

「お願い申します」

と額を擦《こす》り付けた。

二

この日のうちに、おこんはお艶に今津屋の奥を案内された。

手入れの行き届いた中庭に面して五十畳の大広間を中心に左右に仏間、居間、寝間などの座敷が並び、どれもが広々とした控えの間付きだ。

「庭に突き出した離れは大旦那様の住まいです」

廊下に立ったお艶がおこんに教えた。

泉水で鯉《こい》が飛び跳ねる音が響いて、おこんは今津屋の表が賑やかな両国西広小路の一角にあることを忘れた。

「うちでは男衆の奉公人は店二階に、女衆はすべて台所の上の二階です。ただ今住み込みは、男衆女衆合わせて六十七人います」

「六十七人もですか」

おこんは驚いた。

「通いも入れると八十人は超えますよ」

と答えたお艶は楚々《そそ》とした柳腰で小首を傾げた。おこんは、

(なんてお美しいお内儀様)

とどこか憂いを湛えた細面を、憧れを込めて見た。するとお艶の目と合い、おこんはどぎまぎした。

「どうしたの」

「お内儀様の美しさに見惚《みと》れておりました」

おこんの正直な答えにお艶が、

「あら、おこんさんはその歳で世辞を言うの」

「私は深川生まれの娘です、心にもない世辞は申しません。正直な気持ちを申し上げました」

「有難う」

「お内儀様、さん付けをやめておこんと呼んでください」

　頷いたお艶がおこんを改めて見て、

「おこん、あと二、三年もしてごらんなさい。この界隈の男衆が大騒ぎするほどの美形になりますよ」

「だれがですか」

「おこんに決まっていますよ」

「あら、私はぎょろ目の上に痩せっぽちです。顔だって真っ黒です。きっと死んだおっ母さんに似たんです」

「親父様に似なくてよかったわね」

　お艶が思わず洩らした言葉におこんがころころと笑った。

「あら、おこんの正直につられて、うっかりひどいことを言いましたね」

「いえ、うちのお父っつぁんは、お内儀様がおっしゃるとおり、もくず蟹《がに》のような顔ですから似なくてよかったです」

「もくず蟹ねえ」

今度はお艶が思い出し笑いをして、

「奥向きのおこんを台所の二階に寝泊まりさせるわけにはいかないわね。おこん、一人で寝られますか」

「お内儀様、こんは十五になりました。もうなんでも一人でできます」

おこんがお艶にきっぱりと言い切った。

「なら、こちらにおいでなさい」

お艶が中庭をぐるりと取り囲む廊下を西側へと案内し、突き当たりを指して、

「裏庭に面して、奥用の湯殿と台所、厠と手水場《ちょうずば》があるわね。おこんは湯殿に近い、六畳間を使いなさい」

と障子を開いて綺麗《きれい》に掃除された座敷を見せた。

「こんな立派な座敷に寝たことなんてありません」

「ここなら私たちの寝間にも近いし寂しくはないでしょう」

「私には勿体ないお部屋です」

「夜具もお仕着せも用意しておきます。身一つでいらっしゃい。私がなんでも教えます」

おこんはその場にぴたりと座ると、

「お内儀様、よろしくお願い申します」

と頭を下げた。


その後、おこんはお艶から由蔵に引き継がれ、まず帳場格子の中にでーんと座り、眼鏡《めがね》の奥から店全体に睨みを利かす老分番頭の伴蔵に引き合わされた。

「おおっ、最上様に奉公しようとしてそなたに引き止められた娘さんか」

「こんにございます」

「大旦那様が一目で気に入られた理由が分かる。確かに利口そうな顔をしていなさる。おこんさん、最初からうちの奥に入ることのできる奉公人は滅多におりません。大旦那様方の願いを裏切らぬように勤めなされ」

「一生懸命勤めます」

うんうん、と伴蔵が頷き、

「由蔵、おまえ様は一年前に最上様から長年の貸付金の一部、七十五両を頂戴してきましたな。このおこんさんの福運にあやかってのことかもしれませんぞ」

と苦虫を嚙み潰したような怖い顔で冗談を言ったものだ。そして、ふいに訊いた。

「おこんさん、月が変わった九月から奉公に来られますか」

伴蔵の言葉に慌てる金兵衛をよそにおこんは、

「お願い申します」

ときっぱりと言い切った。

「そなたも気付いているかもしれないが、お内儀様はお体が丈夫ではないせいもあり、未だ跡継ぎがお生まれになっておらぬ。おこんさん、そなたに福運の持ち合わせがあれば、お内儀様にその運を分けてくだされよ」

伴蔵の言葉におこんは、はっ、と気付いた。

美しいお艶様の顔に漂う憂いは、跡継ぎが未だ持てない哀しみからか。

「老分番頭様、まだ江戸の東も西も分からねえ娘っこにございます。何分宜《よろ》しくお願い申します」

金兵衛が腰を折って挨拶し、由蔵に見送られるようにして父娘は今津屋を出た。

・夕暮れが両国西広小路に訪れていた。

日中の暑さを避けていた人々がぞろぞろと往来していた。まるで祭りのようだった。

おこんは、深川六間堀とは全く雰囲気が違う西広小路の雑踏を眺め、分銅看板が風に揺れる今津屋に振り返ると、

（ここが私の奉公先よ）

と心に言い聞かせた。

「番頭さん、なにからなにまで世話になりました。深川を出るときにゃあ、おこんが今津屋さんに奉公するなんてこれっぽっちも考えてもいませんでしたよ」

と金兵衛が一抹の寂しさを込めて、それでも安堵した口調で言った。

「老分さんも言われましたな。大旦那様も、奥向きの雰囲気が変わり、お艶様が懐妊なさることを願うて、おこんさんを雇い入れることを思い付かれたのかもしれません」

「おこん、今津屋の跡取りができるかできないか。こいつは重大なことだぜ。おめえにできるか」

「お内儀様に必死でお仕えして、赤ちゃんが授かるように努めるわ」

「お願い申しますよ」

由蔵は父娘を両国橋の袂まで見送ってくれた。

「おこんさんが今津屋の奉公に入る前に、一度六間堀町を訪ねます。なんぞ訊き

忘れたことがあったら、そのとき、お訊きなさい」

「はい」

雑踏の中で父娘は由蔵に礼を述べると、川向こうへと肩を並べて戻っていった。

由蔵は父娘の背中を見送りながら、まだ幼さを残すおこんが今津屋の奥に新風を巻き起こしてくれることを願った。

総太郎とお艶はだれが見ても仲のいい夫婦だった。どうすれば、ああまでお互いを気遣い庇《かば》い合えるのかと奉公人が噂する仲だが、唯一《ゆいいつ》の悩みは夫婦に子ができないことだった。

江戸でも有数の大店の跡取りだ。親類縁者の中には、

「総太郎さんに妾《めかけ》を」

とお節介を焼く老人もいないではない。その度に総太郎が、

「妾なんぞは要りません」

ときっぱり断っていた。

江戸期、武家も商家も大身になればなるほど後継があるなしは、一家一族の命運に関わることで神経を遣う問題だった。

今津屋の商いが隆盛なのは、由蔵ら奉公人が一番承知していた。

（あとは跡取り）

とだれもが考えていた。

おこんがなにかを齎《もたら》してくれないか、大旦那の吉右衛門も老分番頭の伴蔵も期待せずしておこんにそのことを期待した。

（痩せっぽち、頑張れよ）

と言葉にはせず、訴えかけた由蔵の背筋に、

ぞくり

とした冷たい殺気が走った。

（またこの監視の目だ）

一体だれが今津屋の番頭由蔵に関心を持つのか。当人にも理解がつかない。由蔵はその目を振り払うように店に戻っていった。

そのとき、金兵衛とおこんの父娘は両国橋の中ほどで足を止めていた。

「おこん、大丈夫だな」

「大丈夫ってなにが」

「奉公ってのは生易しいもんじゃねえ。お店に入れば涙を流すことも再三あらあ」

「あら、お父っつぁん、そんなことを心配しているの。私は大丈夫よ。ちゃんと勤め上げてみせるわ」

「そうかねえ。おめえはまだまだ体もできてねえし」

「お内儀様も言われたわ。二、三年もすれば大人の体になるって」

「そうかねえ」

金兵衛の返事には無性に寂しさがあった。

「お父っつぁん、私が奉公に出るのが寂しいの」

「そうじゃねえよ。おめえがいなくなれば清々すらあ」

「あら、そうなの。涙を零《こぼ》すのは私じゃなくてお父っつぁんじゃないの」

「冗談言うねえ」

と強がった金兵衛が、

「おこん、川向こうでなんぞ美味いもんでも食っていくか」

「それがいいわ。それで、明日は霊巌寺におっ母さんの墓参りをして、私の奉公が決まったことを報告しましょうよ」

「そいつはいい考えだぜ」

金兵衛は答えながらも、まだおこんの奉公が完全に決まったわけではないぞと気を引き締めていた。

別れ際、由蔵が、一度六間堀町を訪ねるといったのは、金兵衛一家の身許を確かめる意味合いがあるのではないか。だが、父は娘にそのことを告げなかった。

夕暮れの橋上は、屋敷やお店や長屋に戻る人々で混雑していた。

そんな人込みを分けるようにして、着流しに総髪の男が金兵衛とおこんの前に立った。

「へっへっへ」

右手を懐に突っ込んだ男の唇が異様に薄いことがおこんの目に留まった。年齢は一見十七、八に見えた。口先でせせら笑っていたが、細い目は笑っていなかった。

「なんぞ御用かな」

金兵衛がおこんを庇うように若者の前に立った。

「用事だっか。おます」

若者は上方訛りだった。

「なんだね」

「嬢はん、あんた、今津屋の番頭の由蔵とどんな関わりがおまんのや」

「由蔵さんとどんな関わりがあるかだって。往来でいきなりそんなことを尋ねる奴《やつ》があるものか。大体、おまえさんはだれだね」

金兵衛が訊いた。

「父っつぁん、わいが尋ねてんのは娘っこや。すっ込んでんかい」

「なにっ、非礼に事欠いてこの金兵衛を脅す気か」

「どこの金兵衛やて。川に叩き込んだろか」

「おい、若造、ここをどこだと思ってる。総州武州《そうしゅうぶしゅう》の両国を結ぶ長さ九十六間の両国橋は江戸っ子の誇りだ。夏になれば、玉屋《たまや》・鍵屋《かぎや》の掛け声が飛び交い、夜空に大輪の華が競い合って咲き揃う橋のまん真ん中だ。そんな橋上で上方訛りの若造に脅される金兵衛さんじゃねえぞ。用事があれば、これこれしかじかと事情を説明して金兵衛に頭を下げるのが筋ってもんだ。上方者はそんなことも知らねえのか」

差配の金兵衛の啖呵が橋上に響いて、往来する大勢の人々が足を止めて取り巻いた。

「よう、深川六間堀差配、どてらの金兵衛、日の本一！　おれたちがついてるぜ」

顔見知りの職人が声をかけた。

「じゃかましい！」

若造が細い眉《まゆ》を吊り上げて叫び、周りを見回した。そのせいで大勢の通行人は金兵衛の味方と分かったか、

「あほんだらが！」

と捨て台詞《ぜりふ》を残すと、裾《すそ》を蹴《け》り出すようにして両国西広小路のほうに走って消えた。

騒ぎの種が消えて、足を止めていた野次馬の大半が橋の東西へと歩み去った。

すると涼しげな夏羽織を着た御用聞きが、連れていた手下に顎を振って命じた。心得た手下が上方訛りの若者を追って人込みを搔《か》き分け、追っていった。

「佐吉親分か」

深川界隈を縄張りにする御用聞きの佐吉親分には、下野黒羽藩の材木不正横流し騒動で世話になっていた。およそ一年前のことだ。

「金兵衛さん、あやつはだれだえ」

精悍《せいかん》そうな顔付きの佐吉親分が金兵衛とおこん父娘を橋の欄干に誘い、訊いた。

「親分、いきなり話しかけられたんですよ」

金兵衛が経緯《いきさつ》を語った。

「おこんちゃんと今津屋の番頭の由蔵さんとが、どんな関わりがあるかと尋ねたんだったな」

佐吉は若い男の言葉を聞いていたのか、そう問うた。

頷いた金兵衛は、奉公のことでおこんと今津屋を訪ねた事情も話し、

「たった今、由蔵さんが橋の西詰まで見送ってくれたところですよ」

「あやつ、今津屋の番頭さんになんぞ用があるのかねえ」

佐吉が川面を見詰めて首を捻る。

「そりゃ分かりませんよ」

という金兵衛の答えを聞き流したまま沈思していた佐吉が呟いた。

「野郎、懐に匕首《あいくち》を呑《の》んでいたぜ」

「えっ」

と驚いた金兵衛が、

「そんなことで驚く金兵衛じゃありませんよ、親分」

と胸を張ってみせたが、なんとなく声が震えていた。

「ああいった狂犬にはなるべく関わっちゃいけねえ。気をつけるこった」

と佐吉が注意をすると、

「おこんちゃん、今津屋に奉公に出るか」

「はい」

「江戸でも一、二を争う大店だ。六、七年も頑張れば嫁入り先もお店に見付けてもらえるってもんじゃねえか。いい奉公先が決まってよかったな」

と今津屋を認める発言をした。

「親分さん、ありがとうございます」

と答えながら、おこんは、

（あの若い衆、どこかで見たことがあるんだけど）

と考えていた。

「金兵衛さん、用心に越したことはない。ちょいと今津屋に顔を出してこよう」

「由蔵さんの立場が悪くなるようなことだけはしないでくださいよ」

「金兵衛さん、言うに及ばずだ。南町は木下三郎助様の手札を代々貰ってきた御用聞きの佐吉だ。堅気《かたぎ》の奉公人を泣かす真似は金輪際《こんりんざい》しねえよ。安心しなせえ」

と言い残すと両国橋西詰に姿を消した。

「お父っつぁん、なんだろうね」

「分かるものか。元町の佐吉親分が通りかかったのがもっけの幸いでしたよ。なんぞ悪いことが由蔵さんの身に降りかかっているのなら、親分がなんとか始末してくだされようぜ」

と答えた金兵衛が、

「どうだ、おこんは鰻なんぞ食べたことはあるめえ。今日は特別だ、お父っつぁんが馳走してやろう」

「知り合いの店でもあるの」

「垢離場《こりば》の河岸で辻焼を見たんだ。香ばしい匂いでな、前々から一度食してみてえと思ってたんだよ」

「お父っつぁん、今津屋さんに奉公する身の娘が、外で立ち食いなんてできないわ。明日は寺参りに行くんだし、私、蕎麦《そば》がいい」

「こういう機会でもねえと、辻焼の鰻は食せねえと思っていたんだがな」

と金兵衛が残念そうに言った。

辻焼の鰻は一年前に由蔵に馳走になっていた。あれは今津屋にも金兵衛にも内緒の話だ。

（辻焼を食べるのは一度でいいわ）

と思いながらもおこんは、

（由蔵さんに悪いことが振りかかっていなければいいけれど）

と案じていた。

三

今津屋の店仕舞いの刻限、由蔵は、川向こうの深川元町の佐吉と名乗る御用聞きの訪問を受けた。少壮の親分で動作もきびきびとしており、今津屋の店構えにも臆《おく》するところがない。

御用聞きの中にはなにやかやと理由をつけて、お店から何がしかの金子をせびる手合いもいないわけではない。だが、佐吉はそんな輩とは違っていた。

第一、南町奉行所定廻り同心木下三郎助の手札を受けていると自ら名乗ったのだ。

三郎助は永年今津屋に出入りの同心である。

由蔵は見知らぬ御用聞きの訪問を受ける理由を思い付かなかったが、老分番頭の伴蔵に断った。

「木下様のご支配下の御用聞きがおまえ様を名指しでねえ。覚えがありますか」

「いえ、全く思い付きません」

しばらく考えた伴蔵が、

「店座敷に上げてな、話をしなされ。要とあらば私も出ます」

「承知いたしました」

今津屋では店のすぐ裏側に、店座敷と称する客間がいくつも並んでいた。今津屋の客の中には大店の主、番頭、さらには大名旗本の家老職、留守居役、用人らがいた。その人々を店頭で応対するわけにはいかない。そのための店座敷だった。

由蔵は佐吉を一番端の店座敷に招じ上げた。そこは伴蔵が控える帳場格子の裏側に位置し、店座敷の話がかすかに伝わってきた。だから、曰く付きの客はそこに通された。

「さすがは今津屋様だ。店構えもしっかりしていなさるが、店座敷も大したものだ」

と手拭いで顔の汗を拭《ぬぐ》う体《てい》の佐吉は、中庭につるべ落としの秋の夕間暮れを見た。女衆が茶を運んでくると、

「こりゃどうも恐縮でございます」

佐吉は丁寧に女中に声をかけ、茶碗に手を伸ばした。

女中がいなくなった後、佐吉は茶碗を茶托《ちゃたく》に戻し、

「番頭さん、最前、両国橋の上でちょいとした騒ぎがございましてね」

と前置きして、金兵衛とおこん父娘が見舞われた災難について手際よく話した。

「なんと、そのような災難が金兵衛さん親子に降りかかりましたか」

「へえっ。わっしがちょいと気になったのは、上方弁の若造が持ち出したおまえさんの名だ」

「えっ、私の名を。その者と私がなんぞ関わりございますので」

と由蔵は反問した。

「そいつが分からなくて邪魔したところなんで」

この数日、由蔵は遠くから見張られているような落ち着きのなさを感じていたが、いよいよ姿を見せたかと緊張した。

「そいつはおこんに向かい、『嬢はん、あんた、今津屋の番頭の由蔵とどんな関わりがおまんのや』と上方弁で尋ねたんでさ。金兵衛さんがおこんちゃんを庇うようにして啖呵を切ったところも、とくと見物させてもらいましたぜ。当然、見物の衆も金兵衛さんの味方をした。形勢悪しと悟った若造が両国橋西詰のほうに

逃げ出し、手下に追わせました」

「さすがは木下様が手札を与えられた親分だ。抜かりはございませんな」

「番頭さん、褒めるのはちょいと早い。手下の奴、西広小路の雑踏に野郎を見失いやがったんで」

頭を掻いた佐吉が苦笑いし、

「番頭さん、全く覚えがございませんかえ」

と念を押した。

由蔵は顔を横に振った。

「聞けば金兵衛父娘がこちらに伺ったのは、おこんちゃんの奉公話だそうで」

「さようです」

「得体の知れない野郎のことだ。ただ、今津屋さんの番頭の名をどこぞで聞きかじっただけかもしれねえ。あるいは、狙いは番頭さんではなくおこんちゃんだったかもしれねえ」

「おこんさんがたれぞに狙われていなさるか」

「いや、相手の狙いが知れないので、あれこれ論《あげつら》っただけのことでさ」

「で、ございましょうな」

「わっしは深川元町に一家を構えてますがね、金兵衛父娘の六間堀町とは背中合わせだ。おこんちゃんのことも生まれたときから承知していますさあ。あの父娘が、あんな風体の野郎に絡まれる曰くがあるとも思えねえ」

「いかにもさようでございましょう」

「かといって番頭さんは覚えがないと言われる」

「はっ、はい」

曖昧な返事をする由蔵を佐吉がじろりと睨んだ。

「番頭さん、わっしがこちらを訪ねたのは、あの野郎の狙いは今津屋さんにあるんじゃねえかと考えたからだ。これだけ所帯が大きいと、どこから石が飛んでくるか知れたもんじゃございますまい」

「いかにもさようです」

「番頭さん、ほんとうに覚えはございませんかえ。いえ、おまえさんを責めているんじゃねえ。こういう話は芽のうちに摘んでおいたほうがいい」

佐吉の申し出はいかにも尤《もっと》もな話だった。

由蔵は未だ迷っていた。

この数日、どこからともなく見張られている曖昧とした感じを口にするかどうかをだ。

廊下に人影が立って老分番頭の伴蔵が、

「ご挨拶が遅れましたな。今津屋の老分番頭の伴蔵です」

と店座敷に入ってきた。

「これは老分さんまでお出ましとは恐縮だ」

「親分、話は帳場格子の中でざっと聞かせてもらいました」

「それは話が早うございます」

「おまえさんに念を押しますが、その若造、金兵衛父娘に用事があったわけではないのですな」

「話の流れからしても、川向こうの話ではございますまい。でえいち金兵衛父娘を強請《ゆす》ったところで大したものも出ますまい」

「親分はうちと申されますので」

「そいつを気にしておりますのさ」

佐吉が再び言い切った。

伴蔵の視線が、沈黙して考え込む由蔵にいき、また佐吉に戻った。

「親分、この由蔵は、次に今津屋をしょって立つ奉公人です。うちのお店に変な虫が集《たか》るのも困るが、由蔵がなんぞ巻き込まれるのも敵《かな》わない」

「へえっ」

と応じた佐吉が、

「番頭さん、思い出したことはないかえ」

と由蔵に訊き、その由蔵が顔を上げて佐吉を見た。

「親分さん、正直、上方弁の若い衆に知り合いはございません。ですが、このところ一つだけ気にかかっていたことがございます」

「あるならあると、由蔵、親分に早く申し上げたほうがいい」

「老分さん、全く曖昧とした話なんでございますよ」

と前置きして、この数日だれかに見張られているような気分で落ち着かないことを告げた。

「なんですって、おまえ様はたれかに見張られていると言いなさるか」

「はい。ですが、相手を見たわけでもなし、曖昧なことなので、最前から口にするのを迷うておりました」

「番頭さんの勘に障った相手がその野郎ですぜ」

と佐吉が言い切った。

ふむ
と伴蔵が呻いて何事か考えた。

「由蔵、おまえ様がただ今関わっている客に、曰くがありそうな屋敷やお店がありましたかな」

「最前から考えておりますが、得体の知れぬ十七、八の若造になにかを頼むようなお客様は、一人もございません」

伴蔵が由蔵の返事を確かめるようにしばらく沈思した。

「老分さん、今津屋の表看板は両替だ。上方の取引先に変な相手はいませんかえ」

江戸期、通貨は金銀銭の三貨を使い分け、

「上方の銀遣い、関東の金遣い」

と称された。そこで江戸と上方の相場を流通させる金銀相場が立ち、二都をはじめとして両替商が誕生したのだ。

「むろん上方にはうちの商い先がございます。ですが、大坂の鴻池《こうのいけ》様をはじめ大店ばかりで、そんな若造がなんぞ美味い汁を吸おうなんて気を起こすような、脇《わき》の甘いお店はございませんな」

と伴蔵が言い切った。

（十七、八か）

と由蔵は古い記憶を引き出そうとした。だが、いくらなんでも昔話ではなかろうと思い直した。

「親分、若旦那様は高崎まで御用の旅で江戸を不在にしておられますが、大旦那様に私からお断りします。この話、木下様と相談の上、内々に調べてくれませんか」

「老分さん、承知しました」

伴蔵が、
すいっ
と紙包みを佐吉の膝の前に滑らせた。

「これは探索の費えにございます。お好きにお使いください」

「老分さん、恐縮です。お預かりします」

佐吉も堂々と十両が包まれた紙包みを受け取った。

「親分、この一件とは別に頼み事がございます。いいえ、おまえ様なら容易なことにございますよ」

と伴蔵が佐吉に改めて話し出した。

翌朝、金兵衛の差配する長屋の木戸口に、天秤棒に荷を振り分けた野菜売りの女が姿を見せた。すると格子戸《こうしど》を引き開けておこんが姿を見せ、

「おたきさん、今朝、花は持ってない」

と叫んだ。

「おこんちゃん、仏壇の花かえ。それなら中菊があるよ」

「おっ母さんに手向ける花だけど、うちの仏壇じゃないの。お寺様に墓参りに行くの」

「ならこの黄菊と白菊はどうだい。今日は天高く空が澄み切ってさ、菊日和《びより》だよ」

「貰うわ」

木戸口に長屋の女たちが集まってきた。

「おのぶさんが亡くなって二年が過ぎたね。一時《いっとき》金兵衛さんはがっかりしていたけど、最近また元気を取り戻したようじゃないか」

付け木売りのおくまが言い出した。

「東広小路の楊弓場《ようきゅうば》の年増《としま》を口説いているって話かい」

「あら、おたねさんも承知かえ」

「あの風体でこそこそと楊弓場通いしているんだもの、すぐに知れるよ」

こほんこほん
と嘘っぽい空咳が響いて、

「これこれ、年端のいかない娘の前であらぬ噂を立ててるんじゃやないよ」

どてらの金兵衛が差配の貫禄を見せたつもりで姿を見せた。

「あら、お父っつぁん、私も知っているわよ」

「えっ」

と驚きの声を上げて絶句した金兵衛が慌てて、

「おめえ、あらぬ噂を信じるんじゃないよ」

と言うと、

「長屋の噂なんぞ、千に一つもほんとのことはないからな」

と顔の前で手をひらひらさせた。

「相手がいるのなら、後添いを貰ってもいいのよ。気が塞《ふさ》いで元気をなくすより、新しいお嫁さんを貰って若返れば」

「おこん、なんてことを言うんだ。私はなにも」

「おや、大家さん。楊弓場の年増の紅葉《もみじ》さんを、どうだ、うちにこないかと口説いてるって話じゃないか。紅葉さんの返答はどうだい」

と付け木売りのおくまがばらした。

「おくまさん、そんな話は一切ないよ。軽々しくもそんな言葉を、この金兵衛が言うわけないじゃありませんか。それに本日はおのぶの墓参りに行くんだよ」

「それがどうしたね、大家さん」

と女たちに言い負かされた金兵衛は、

「あーあ、女子と小人は養い難し、だ」

と言いながら家の中に逃げ込むように姿を消した。

「おこんちゃん、大家さんを庇って心にもないことを言うなんて、娘も苦労するね」

「あら、おいちおばさん、私、本心よ」

「本心だって」

「私、近々奉公に出るの。だから、お父っつぁんを独り残していくのが一番の気がかりなの。だれかお父っつぁんの所へお嫁さんが来てくれると安心なんだけどな」

「おこんちゃん、おまえさんはできた娘だよ」

「鳶が鷹を産むってこのことだねえ」

女衆が長屋の木戸口で一頻《ひとしき》り騒いだところで、おこんはおたきから墓参りの菊を買った。


金兵衛の女房おのぶは、二年前に突然亡くなった。

夏の最中に流行りだした高熱を発する風邪《かぜ》にかかったおのぶは床に臥《ふ》せり、五日目の朝、すうっと息を引き取った。医者は死因をコロリと言った。

おこんは十三歳だった。

金兵衛もおこんもおのぶの三回忌を済ませて、ようやく気持ちの整理を付けたところだ。

おのぶの墓は海辺大工町の浄土宗道本山東海院霊巌寺にある。

寺名の如く、寺は元々霊巌島にあって、家康、秀忠、家光が尊信するほど由緒正しい寺だった。それが明暦の大火で焼け、この深川の地に引っ越してきたのだ。

それで長屋差配の金兵衛一家の檀那寺《だんなでら》になった経緯があった。

二人は大きな墓所の端っこにあるおのぶの小さな墓を清め、黄菊と白菊を飾り、線香を手向けて、手を合わせた。

金兵衛は胸の中《うち》で、

(おのぶ、おこんがいよいよ奉公に出ることになったぜ。川向こうの米沢町の角、大店の今津屋の奥に見習いとして出るんだ。いつまでもねんねとばかり思っていたらよ、自分で奉公先を見つけてきやがったぜ。えらそうな顔をしているが、まだ十五だ。なんぞあったらあの世からさ、相談にのってくんな)

と神妙に願った。

おこんはおこんで、

(おっ母さんが奉公していた最上様は内所がよくないんだって。そのとき、知り合った今津屋の番頭さんの口利きで両替商の今津屋に勤めることが決まったわ。お父っつぁんは心配するけど、大丈夫よ。私、ちゃんと奉公してみせる。見ていてね)

と心の中で念じ、

(最後にちょっと相談だけど、お父っつぁん、後添いを貰ってもいいわよね。私、心配なの、一人で家に残すことが。おっ母さん、焼餅《やきもち》なんて焼かないわよね)

と願った。するとおこんの耳に、

（おこん、焼餅なんぞ焼きはしないけど、お父っつぁんのところに嫁に来てくれる女がいるかねえ。私だってこれでいろいろと我慢してきたんだよ）

という声が聞こえたような気がして、

「そうか、おっ母さんは我慢してきたのか」

と思わず呟いた。

「なんだ、おこん。独り言なんて言ってさ」

「なんでもない、こっちのことよ」

おこんは慌てて胸の前で合掌する手を解いた。


その刻限、深川元町の御用聞き佐吉は旦那の供で、深川一色町の縄張り内を町廻りしていた。数日後には月番が代わり、北町に廻った。

旦那とはむろん南町奉行所定廻り同心木下三郎助だ。番屋から番屋へ着流しの裾を蹴り上げるようにして歩きながら、揉め事や相談事を聞き、解決策を授けると、次の番所へ急ぐ町廻りだ。

江戸時代、騒動や騒ぎや揉め事が生じたからといって、いきなり町奉行所に訴え、お白洲《しらす》に呼び出されるわけではない。定廻り同心が前もって相談を受け、同心の判断で解決できるものは番屋で即断即決して、奉行所へ上げる手間を省いたのだ。

この町廻りの最中、佐吉は今津屋の番頭由蔵がからんだ一件を持ち出し、三郎助の判断を仰いだ。

「相手は上方弁の小僧ってか」

「へえっ、わっしも面付きを眺めましたが、あやつ、刃物を振り回して人の一人や二人怪我《けが》をさせてますぜ。そんな手合いでさあ」

「今津屋の由蔵を見張る目とはそいつか」

「まず間違いございますまい。わっしはそう睨みました」

歩きながら三郎助は考えていたが、

「佐吉、今津屋はうち代々の出入りのお店だ。番頭の由蔵もよう承知している。人を刺すような手合いと付き合いがある番頭じゃねえ」

「老分番頭は、由蔵が今津屋をしょって立つ奉公人だと太鼓判を押しましたぜ」

「旦那の総太郎さんとも心を通わせる奉公人だ、いずれは伴蔵の老分を継ぐ者と睨んでいるがな。それだけに傷は付けたくねえ。おれも注意していよう。おめえの縄張り外だが、今津屋の一件、内密に調べよ。そして、報告することあらば、まずおれに知らせよ」

「へえっ。なんとしても唇の薄い若造の所在を炙《あぶ》り出します」

と佐吉は請け合った。

四

大金を扱う両替商今津屋に奉公する人間は小僧であれ、飯炊きの女衆であれ、厳しく身許を調べ上げられ、その上で奉公を許されるのだ。

この日、番頭の由蔵は両国橋より一つ下流に架《か》かる新大橋を渡った。

両国橋より二十間も長い新大橋の右岸側には武家地が広がり、対岸にも御籾蔵などがあったから、往来する人々の風体が違った。雑多な賑わいを見せる両国橋とは趣が異なり、どことなく厳しい。

今しもお城下がりの行列が行き、役人一行が足早に渡っていく。

由蔵の正面に御籾蔵の屋根が見えた。

今津屋の奉公を願ったおこんの住む深川六間堀町は、御籾蔵を挟んで左右に分かれて広がっていた。通称南組の六間堀町が北組の六間堀町に比べ断然狭かった。

由蔵は橋を渡り切るとお艶に持たされた風呂敷包みを抱え直した。

由蔵がまず訪ねたのは、六間堀町の南組と接する深川元町だ。

木下三郎助に手札を頂く御用聞き佐吉の家は小粋にも白木の格子戸で、南側は紀伊中納言の拝領屋敷の壁に接するようにあった。

「お早うございます」

と格子戸の外から声をかけると若い手下が顔を覗かせて、

「今津屋の番頭さん、いらっしゃいまし」

と迎えてくれた。

由蔵の顔を承知なのは、過日今津屋を訪ねた親分の佐吉に従っていた手下だからだ。

「親分はいらっしゃいますか」

「へえっ」

と格子戸が開かれると、玄関先までの狭い庭に丹精された菊の鉢が並んで秋の景色を艶やかに見せていた。まだ刻限も早い朝の間、それだけに花が凜《りん》とした香気を放っていた。

佐吉は神棚のある居間の長火鉢の前にいた。

「番頭さん、早いお出かけですね」

と笑いかけた佐吉が、

「申し訳ねえが、月番最後の日に縄張り内に骸《むくろ》が転がってやがってその後始末に追われ、未だ上方弁のちんぴらの行方を摑めてねえんで。あの後も見張られているような感じがございますかい」

と謝った。

佐吉が今津屋を訪ねたときから月が変わって九月になっていた。

「親分が動き出したのを察したか、この数日はございません。私の気の迷いでしょうかね」

「いや、金兵衛父娘にはっきりと由蔵さんの名を出して尋ねた相手だ。そのうち必ずやおまえさんの前に姿を見せますぜ」

佐吉が請け合い、由蔵は頷いた。

「番頭さん、別件のほうだが、そっちのほうは一件落着と言ってようございましょうな。先日も老分さんに言ったが、差配の金兵衛とおこんの一家は長年の六間堀町住まいでしてね、町役も務めた身だ。身許もしっかりしていて、檀那寺も霊巌寺でさあ。老分さんに言われて改めて調べたが、金兵衛父娘にはこれっぽっちの後ろ暗いところもございませんぜ。まあ、長屋の連中は金兵衛が口うるさいと言いますが、大家といえば親も同然、店子といえば子も同然、親が子を叱るのは当たり前のことだ」

と佐吉が言い、

「老分さんに命じられて、怪しげな借財なんぞがねえか調べてみたが、病を患った折り一人の店子に二両ばかり貸しているくらいで、借金のほうはびた一文ございませんぜ」

「ようございました」

由蔵が胸を撫で下ろした。そして、

「親分、おこんさんに拘わらず、うちに奉公する者はすべて調べられるんですよ」

「分かってまさあ。今津屋といえば一日何百何千両という金子を出し入れするお店だ。身許をしっかり調べ上げた上で奉公が許されるのは当然のことですぜ」

佐吉が呑み込んだように言った。

「これで安心して金兵衛さんの長屋を訪ねることができます」

「番頭さん、いいかえ。あのちんぴらだが、人の命をなんとも思ってない手合いだ。決して油断してはいけませんぜ」

と話を元に戻した佐吉が、

「今津屋は金子を扱う商売だ。奉公人に護身の術は習わせないんで」

「そういえば、私が小僧に入った頃は裏庭で道中差を抜いて払う稽古をさせられました。ですが、最近ではその稽古もやらなくなりましたよ」

「そりゃまたどうしてですね」

「今津屋の出は元々相模《さがみ》の伊勢原《いせはら》にございます。幕府開闢より二十数年過ぎた頃、初代吉右衛門様が横山町で両替商の株を得て店開きしたのでございますよ」

「そうか、今津屋は百五十年近い老舗《しにせ》か」

「三代目の吉右衛門様が商いの本場は上方大坂だと考えられ、奉公人を大坂の大店に見習い奉公に出した時代が続きました。大坂修業は私が手代の頃まで、七、八十年続いたと思います。そんなわけで上方行きの道中を用心して、旅立つ前には町道場の先生方を呼んで半年ばかり護身の術を習わされましたよ」

「そんな口調だと、由蔵さんも大坂に見習い修業に行かされた口だな」

「はい。竹田出雲《たけだいずも》らの『義経千本桜』が竹本座で大当たりした翌年の延享《えんきよう》五年

（一七四八）に大坂の両替商の宮越屋《みやこしや》六太夫《ろくだゆう》様方に三年の見習い修業に出ました」

「お一人でですかえ」

「今津屋では二人三人と同じ店に修業に出すと、苦しいときに朋輩《ほうばい》に頼り、互いが慰め合うようなことがあると考えられて、どんなときでも一人修業が決まりでした」

「番頭さんのときもお一人で」

「はい」

と答えた由蔵の胸がふいに騒いだ。

「ですが、同じ頃、鴻池本店《ほんだな》に若旦那の総太郎様が奉公に出ておられましたよ」

大坂の鴻池は酒造業から身代を築き、金融に進出して三井などと肩を並べる大坂有数の豪商になった一族だ。

「今津屋では若旦那も他家奉公に出されるんですかえ」

「若旦那様も奉公人も変わりございません。同じ一奉公人の扱いで、他人の釜の飯を食う見習い奉公です」

「それでこそほんとの奉公だ」

頷いた由蔵は、

「長々とお邪魔いたしました」

と辞去の挨拶をした。

「金兵衛長屋は御籾蔵に向かい合う路地、猫道が抜けていましてな、路地の出口には老いた松の切株がございます。その先の金兵衛さんの家の前には梅の木があるんですぐに分かりますぜ」

佐吉は御籾蔵と直参旗本の木下家との間に狭い猫道が金兵衛長屋へと抜けていることを教えた。

「親分、なにからなにまで有難うございました」

由蔵は、御籾蔵と深川元町の間を東西に抜ける裏道を東に向かって歩いた。

今日も秋の陽射しが穏やかに裏道に降りそそいでいた。

由蔵は佐吉親分と話しながら感じた胸騒ぎの遠因を思い起こしていた。親分の話が、若い時代の大坂修業を思い出させたのだ。

大坂に行かされたとき、由蔵は二十三歳だった。大坂弁と商いがなんとなく分かり始めた頃、総太郎が大坂の鴻池本店に見習い修業に入った。総太郎は由蔵より五つ若い十八だった。

他店修業の身、そうそう自由に外出が許されるわけではなかったが、若い総太郎の身を案じて由蔵はひと月に一度くらいのわりで総太郎に会い、様子を窺った。

総太郎は歳が若い上に奉公の経験がない。それだけに鴻池での修業は厳しいものと予測された。そのことを案じたからだ。

総太郎は大坂入りした当初、段々と顔が暗くなっていった。

「若旦那様、鴻池様はいかがでございますか」

「主方はようしてくれます。ですが、奉公人の中にはわざと意地悪をなさる方もおられる」

「若旦那様、ここが辛抱のしどころですよ。今日の辛《つら》さが必ず明日のためになりますから」

と由蔵は元気づけるしか手がなかった。そんなことを久しぶりに思い浮かべていると猫道の入口を見つけた。

佐吉親分の住まいのある元町から六間堀町は指呼の間、金兵衛の家の目標《めじるし》の梅の木が黄色の葉を風に散らしていた。松の切株はどこだと振り向くと旗本屋敷の築地塀の前に確かにあった。

天秤を肩に振り分けた魚屋が長屋の木戸から出てきた。その後ろからおこんが竹笊《たけざる》を抱えて姿を見せた。

「あら、今津屋の番頭さんだわ」

おこんの抱える竹笊の中に塩がふられた秋鯖《あきさば》の半身があって、青みが陽光にきらきらと光っていた。

「おこんちゃん、ありがとうよ」

棒手振りの魚屋が六間堀の河岸道へ出ていった。

「おこんさん、本日はお内儀様から、奉公に出る折りのお仕着せを預かってきましたよ」

「まあ、お気遣い有難うございます」

おこんが長屋の前にある差配の家の戸口を開き、

「どうぞお上がりください、番頭さん」

と招き、

「お父っつぁん、番頭さんが見えたわよ」

と奥に向かって叫ぶと、どてら姿の金兵衛が、

「こりゃ、こんなとこまで恐縮だ」

と顔を見せた。

差配の金兵衛の居間は南側の紀伊中納言の拝領屋敷に向かっていて、屋敷の庭

木の高枝の緑が見えた。

縁側に陽《ひ》が射し込み、三毛猫が陽だまりで寝ていた。

金兵衛と由蔵は縁側で向き合って座った。

「金兵衛さん、本日はお内儀様から季節のお仕着せを預かってきました。表の奉公人と違い、奥向きの女衆ですから格別にお仕着せがあるわけではございませんが、一人だけ浮き上がってもなどとあれこれお内儀様が案じなされて、出入りの呉服屋と相談して誂《あつら》えさせたものです」

と由蔵が風呂敷包みを差し出した。

「なにからなにまで、気遣いいただいて恐縮にございます。なにせ女房に先立たれて男親の私一人だ。おこんになにを持たせていいのか、迷うばかりで思い付かなかったんだ」

「金兵衛さん、お内儀様がくれぐれも言うておられましたよ。夜具から着る物一切なにも要りません、身一つでおいでなさいとね」

「有難いお言葉じゃねえか。なあ、おこん」

金兵衛の瞼がなんとなく潤んでいた。

「番頭さん、着替えてもよろしゅうございますか」

「身丈は合っていると思いますが、お父っつぁんにお見せするのも親孝行の一つですね」

用事を果たした由蔵が安心したように言い、腰から煙草入れを抜いた。

金兵衛が、

「おこん、着替える前におっ母さんの仏壇にお内儀様の親切を見せてやんな」

と命じた。

おこんは父親に頷き返すと居間の隣の仏間に風呂敷包みを運び、鈴《りん》を鳴らして、十念を唱えた。

「番頭さん、上方弁の若造は姿を見せないんですかえ」

金兵衛は当然佐吉から話が伝わっていると考えて尋ねたが、由蔵は顔を横に振って否定した。

「やっぱり心当たりはないんで」

「佐吉親分がお店に来て、あの手合いは必ず狙いがあってのこと、必ず姿を見せると言われましたが、どう考えても思い付かないのですよ」

「そうか、そいつは心配だ」

「番頭さん、あの人、どこかで見かけたような気がするんですけど、どうしても思い出せないんです」

とすまなそうに隣り部屋からおこんが言った。

「いくらなんでもおこんさんの知り合いではありますまい」

と由蔵が答え、

「番頭さん、ほんとうにおこんが今津屋様の奥勤めなんてできますかねえ」

と金兵衛は娘の奉公に話題を戻した。

「金兵衛さん、親心とは有難いものですね。ですが、おこんさんなら大丈夫ですよ。数年もしてごらんなさい、お内儀様に代わって奥向きを立派にこなされますよ」

「お内儀様には跡継ぎ第一に励んでもらわねばねえ。おこんにその手伝いができるといいのだが」

「旦那様とお内儀様はほんとうに仲のよいご夫婦です。そのせいで子作りの神様が焼餅を焼いたようですよ」

と由蔵が苦笑いしたとき、奥の襖がすっと開いた。

縁側の二人が何気なくそちらを見ると、本八丈《ほんはちじょう》の細縞に藤色の帯を締めたおこんが薄暗がりに恥ずかしそうに立っていた。

「おっ、だれかと思ったぜ」

金兵衛が驚きの声を発し、

「金兵衛さん、間違いございません。二、三年もすると、今津屋のおこんさんは容子がいいと西広小路界隈で評判が立ちますよ」

と由蔵が請け合った。


由蔵は御籾蔵の北側の猫道を大川端に抜け、新大橋は渡らず大川の左岸を両国橋へと上がっていった。東側は千石級の旗本屋敷、川端には大川から引き込まれた溝があって、その向こうに灰会所の建物があった。

武家地なだけに人の往来も少ない。

由蔵は陽射しを避けるように武家屋敷の塀沿いを歩いていた。

手には空の風呂敷を畳んで持っていた。

お艶はお仕着せを何着かと帯を、おこんのために誂えていた。そのお仕着せをおこんに渡してきたので由蔵は身軽だった。

とそのとき、交代寄合木下図書助《ずしょのすけ》邸の築地塀が切れようという路地から黒い影が飛び出してきた。

由蔵はその者の手にきらりと光る刃物を見た。

その瞬間、相手が躍りかかるように刃物を突き出した。

由蔵は半身を開くと咄嗟に、折り畳んだ風呂敷の端を摑んでもう一方を、
ぱあっ
と踏み込んできた影に投げた。

風呂敷が広がり、相手の視界を一瞬閉ざした。

匕首の切っ先が由蔵の左袖を掠《かす》め切って流れていった。

「なにをするんです！」

由蔵は最初の攻撃を防いでくれた風呂敷をだらりと垂らしたまま、叫んでいた。

着流しの細身がゆっくりと反転して由蔵に向かい合った。その胸前に匕首が斜めに構えられていた。

「おまえさんはたれだい」

瘦身《そうしん》の顔も唇も目も、すべてが薄く尖《とが》った印象だった。

「そうか、おまえさんだね。金兵衛父娘に由蔵とどんな関わりがあるかと訊いた男は」

由蔵は右手に持った風呂敷の一方の端を左手に握り、掌《て》にきつく巻き込んだ。

これで風呂敷は両方の手に持たれたことになる。

匕首の攻撃に風呂敷がなんの役に立つか、咄嗟の対応だ。

「由蔵はん、お分かりやおまへんので」

由蔵は若い相手の顔をまじまじと見詰めた。だが、どう考えても思い出さなかった。

「名前はなんですね」

「新町筋の揚屋《あげや》淡路《あわじ》」

と相手が言った。

「新町筋、大坂のことですね」

由蔵はぞくりと背筋に悪寒《おかん》が走るのを感じた。

「思い当たりましたか、番頭はん」

「知りませんな」

由蔵は白を切った。

「淡路の薄雲《うすぐも》って女に覚えはあるやろ」

「たれです」

「本名はおいとだ。わいのおっ母や」

「おまえさんのおっ母さん」

「由蔵はん。つまりはおまはんがわいの父親や」

「なんですって！」

と由蔵は小さな悲鳴を上げた。

「言いがかりも甚だしい」

「そうかえ。なら証の品を持って今津屋に乗り込むことになるぜ」

相手がふいに上方弁を江戸言葉に変え、匕首を胸に差し込んである鞘に納めた。

「おまえさんの名は」

「卯吉《うきち》」

「歳はいくつですね」

親分は十七、八と言ったが、意外と歳を食っているのではと由蔵は思った。

「煩いぜ、番頭」

卯吉はくるりと背を回し、行きかけた。

「お待ちなさい。おまえさんと話がしたいときはどうすればいい」

相手は細身の背を動かすことなく、

「隅田村木母寺《もくぼじ》本堂裏手に来んかい」

と言い残すと、武家屋敷の路地へと姿を没した。
ふうっ
と由蔵は大きな息を吐くと、立ち騒ぐ胸の鼓動を鎮めようと深呼吸をした。するとその視線の先に、煙草入れを抱えたおこんの呆然《ぼうぜん》とした姿があった。

五

「おこんさん」

と未だ青い顔に不安とも恐怖ともつかぬ表情を漂わせた由蔵がおこんの名を呼んだ。

「番頭さん、煙草入れを忘れておいででした」

おこんが煙草入れを差し出しながら由蔵に歩み寄った。

「煙草入れですって。おお、私のだ」

腰を触った由蔵が叫んだ。

「縁側の座布団の下になっていたんです」

由蔵は辞去の挨拶をするために座布団を脇にどけたとき、煙草入れがその下に

隠れたかと思いながら、

「おこんさん、有難う」

「いえ、番頭さん、お怪我はないですか」

と訊いた。

ふうっ
ともう一度息を吐いた由蔵が、しっかりと摑んだ風呂敷を手から解くと煙草入れを受け取った。

「怪我はありません」

と答えた由蔵が、

「おこんさん、あやつだね、両国橋の男は」

「はい」

「今の話を聞きなさったか」

おこんはしばし返答を迷った末に、

「耳に入りました」

と小声で答えた。

「そうか、聞きなさったか」

由蔵はどことなく肩を落とした。

「番頭さん、嘘ですよね。あんな男が番頭さんの倅のわけがないもの」

もう一度、大きな息を吐いた由蔵が、

「おこんさんには、およその事情を話しておいたほうがよさそうだ。どこか話せるような場所はありませんか」

と覚悟の表情を見せた。

「この先の秋葉山御旅宿のとこに大日堂がありますけど」

頷いた由蔵はおこんに案内されるように歩き出した。

秋葉山御旅宿の空き地に接して御船蔵前町の飛び地があり、大日堂の参道が路地に口を開けていた。広くもない境内だが、黄葉しかけた銀杏の木の下に日陰があって、年寄りが集うのか切株がいくつか置いてあった。

「おこんさん、怖くはなかったですか」

切株に腰を下ろした由蔵は煙草入れを腰に戻し、向かい合って座ったおこんに訊いた。おこんは小さく頷くと、

「あんな男、番頭さんの倅じゃないですよね」

とまた念を押した。

「違います」

と答えた由蔵の言葉には力が抜けていた。

「なにか覚えがあるんですか」

「おこんさん、この話、そなたの胸に仕舞っておいてくれませんか」

おこんはこくりと頷き、

「番頭さんとは芝口橋で辻焼の鰻を食べた仲です」

とすでに共有する秘密があるとほのめかした。

「おお、そうでしたな」

ようやく顔に笑みを浮かべた由蔵が、

「私の手代時代の話で、二十三でした。摂津《せっつ》大坂の両替屋に見習い修業に出されました。今津屋ではこれと見込んだ奉公人を、商いの都の大坂に数年に限って修業に出すのです。私も三年ほど宮越屋六太夫様方に住み込みさせられ、上方の厳しい商売を修業させられました。今津屋の先祖は相模の伊勢原ですが、金銭に険しい大坂商人に学んで奉公人を鍛えて商売を大きくし、身代を作られたのです。今津屋の大番頭を老分と呼ぶのは、大坂商人に学んだ名残りでしてね。今津屋の先祖が大坂の商いを忘れぬようにと江戸に持ち込まれたのです」

由蔵は佐吉に告げたのとほぼ同じ内容の話を、自分の気持ちを整理するように話し出した。むろんおこんが今津屋に奉公することを考えてのことでもあった。

「私が大坂に行ったのは延享五年の夏、半年後に若旦那の総太郎様も大坂に入られて、豪商鴻池本店で修業に入られました」

「今津屋では若旦那様もお店に奉公に出されるのですか」

「大店になればなるほど跡取りは甘やかされて育ち、ために遊びに身を持ち崩して折角の身代を失う、そんな話はただ今も枚挙に暇《いとま》がございませんな。『売家《うりいえ》と唐風《からふう》で書く三代目』というやつです。今津屋では跡取りこそ他家の飯を食う要があると、率先して大坂に出されるのです」

おこんはびっくりした。たかが橋向こうに奉公に出るくらいで父親と大騒ぎしていた自分が恥ずかしくなった。

「上方の商人の店の修業はそりゃ厳しいものでした。だけどね、遊びもまたけっこうおおっぴらでございましてね、融通が利くのです。ただし、それもこれも奉公に差し支えなく、お店の金子に手を出さず、自分の才覚で遊ぶ分には許されたのです。私も大坂の気風に慣れた頃から時に総太郎様をお誘いして、茶屋で酒を酌み交わしたり、ご飯を食べたりして互いに励まし合ったものです」

おこんは思いがけない由蔵の告白に息を呑んで聞き入った。

「ご飯や酒だけでは物足りなくて、若さの勢いもございましてな、総太郎様と悪《あく》所《しょ》にも出入りするようになりました。あっ、十五のおこんさんに聞かせる話じゃなかったな」

と由蔵が狼狽した。

「番頭さん、深川育ちの子は、なりは小さくても耳年増《みみどしま》、どんなことでも聞かされて育つんです」

「そうか、そうですか。ならば話のついでに最後まで聞いてくださいな。そう長い話ではありませんからな」

由蔵は無意識のうちに腰の煙草入れを手で触り、種火がないことに気付いたか、また離した。

「卯吉が言うように、新町筋の揚屋淡路の、薄雲という女郎の名前に覚えがなくはない。しかし、子を生《な》したとか生さぬとかそんな話はなしですよ」

「でも卯吉は、証の品があると言いましたよ」

「そんな品があるはずもない。第一大坂でなにもなかったものが、どうして今頃名乗り出るんです」

「薄雲ってお女郎さんには覚えがあるんですね」

由蔵は遠い記憶を呼び起こすように、大日堂の境内の上の空を見上げた。

「たしか、因州《いんしゅう》の田舎から大坂新町に売られてきた女郎さんだったと思いますな。だが、面立ちはおぼろで覚えていません」

「番頭さん、なにか薄雲さんに差し上げたんですか」

由蔵が顔を横に振り、

「おこんさん、奉公人がそんな危ないことをしますかいな」

と上方弁で否定した。

「なら安心ですよ」

「そうですね。こちらに後ろめたいことがないんですからな」

由蔵の言葉におこんが、

「卯吉さんって若く見えるけど、ひょっとしたらもっと歳がいっているんじゃありませんか。もし、番頭さんの赤ちゃんを薄雲さんが身籠《みごも》って産んだとしたら、いくつになるのですか」

おこんは由蔵が感じたと同じ推測を洩らした。

由蔵が頷き、指を折って数えていたが、

「私が江戸に戻ったあと生まれたとしたら十七か、いって十八のはずだ」

「番頭さん、卯吉をとっくりと見たけれど、もっと年上ですよ。間違いないわ」

おこんが言い切った。

「そうですね。あの言動は十七、八のものじゃありません」

「ということは、卯吉と薄雲さんは血など繫がっていないということじゃありませんか」

「そうなると卯吉はどうして、薄雲と私らが十七年も昔に付き合いがあったことを知ったのか」

と由蔵が首を傾げた。

「私、思い出しました」

とおこんが言い出した。

「思い出したって、なにをですね」

「卯吉がどこに勤めているかってことですよ」

「なんですって」

「卯吉に両国橋の上で会ったとき、私、どこかで見たような顔だと思ったんです。でも、思い出せなかった。でも、最前、あいつが番頭さんを脅す顔を見て思い出したの」

「おこんさん」

「西広小路に、江戸下り竹本扇太郎一座が『浪花《なにわ》散り桜』って芝居を掛けているのをご存じですか」

「お店の前の西広小路にですか。知りません」

由蔵は反対におこんがよく知っているなという顔で見た。

「私、今津屋さんのことをよく知らないものだから、お店を時折り覗きに行ったと言いましたよね」

「そのようなことを言われましたな」

「そのとき、竹本扇太郎一座の小屋の脇から、今津屋さんの店を見ていたんです」

「ほう、その折り、卯吉を見なさったか」

「卯吉は、ほんものの役者じゃないと思います。時に舞台に出させてもらうかもしれませんが、木戸番をやったり、下足番をやったりしての裏方が主だと思います」

「まさかお店の真ん前にいようとは、努々《ゆめゆめ》考えもしませんでしたよ。これで卯吉の正体を暴くことができます」

と答えた由蔵に急に生気が漲《みなぎ》ってきたようにおこんには思えた。

「おこんさん、礼は、この騒ぎが解決した折りにちゃんといたしますよ。それまでしばらく私の行動を見ない振りをしていてくださいな」

「番頭さん、私たち、鰻の辻焼のお仲間ですよ」

「指きりげんまんした仲でしたな」

切株から由蔵が立ち上がり、

「おこんさんをその辺まで送っていこう」

大日堂の境内から大川左岸の河岸道に出た。

由蔵とおこんは御籾蔵の南に口を開けた裏道の辻で別れた。

おこんが何気なしに振り向くと、由蔵は河岸道を万年橋のほうへと急いでいた。

(元町の佐吉親分のところに行くんだわ)

とおこんは思いながら、

(由蔵さんは、所帯を持つことを考えたことはないのかしら)

という考えが脳裏を過《よぎ》った。

由蔵が訪ねた先は、おこんが推測したように佐吉親分の家だった。

玄関前に奉行所の小者が一人、手持ち無沙汰《ぶさた》な様子で待機していた。

この日、佐吉親分の家への訪問は二度目となる。

格子戸の向こうには南町奉行所定廻り同心木下三郎助の白髪《しらが》頭があって、佐吉と菊の鉢を眺めていた。非番月のせいか、同心にも御用聞きにもどことなくのんびりとした様子があった。

「これはちょうどよいところに」

由蔵の言葉に二人が振り向き、

「おや、番頭さんの話を木下の旦那としたばかりだ。金兵衛長屋で何事かありましたかえ」

と佐吉が訊き返した。

「金兵衛さんのところではございませんが、ありました」

由蔵は二人に、両国橋で由蔵とおこんの関わりを訊いた上方弁の男が現れ、いきなり匕首を手に突きかかったことから、おこんとの話までを告げた。

「なんだって、由蔵さんの倅だって名乗りましたか。番頭さんには覚えがあるんで」

おこんに話したのと同じ話を由蔵は繰り返した。だが、卯吉との連絡先が木母寺ということは伏せた。

「おこんちゃんの手柄だぜ」

と佐吉が首肯《しゆこう》すると、三郎助が、

「佐吉、こいつは一刻も早いほうがいい。野郎の言うことが真実《まこと》か嘘っぱちか、竹本扇太郎一座に乗り込みねえ。おれもあとから行く」

と伝法な巻舌で命じた。

「へえっ、承知しました」

佐吉が玄関に戻ると手下を呼び、

「御用だ、仕度をしろ」

と命じて、佐吉の女房の切火に送られて河岸道を両国橋へと駆け出していった。

「木下の旦那、今津屋の番頭さん。度々《たびたび》で恐縮ですが、居間に上がって茶を飲んでいかれませんか」

と御用聞きの女房が鉄火な口調で言いかけた。

「お店者にございます。長いこと店を空けるわけには参りませぬ。おかみさんの気持ちだけを頂戴します」

と由蔵は断り、

「わしも奉行所に戻る」

と言う木下三郎助とともに河岸道に出た。

「由蔵さん、船を船着場に待たせてある。浅草橋まで送ろう」

と三郎助は、由蔵を新大橋の下流の船着場に止めた奉行所の御用船に誘った。

「木下様、恐縮にございます」

「今津屋とは何代も前からの付き合いだからな」

と言って三郎助は小者を船頭のすぐ脇の艫《とも》に座らせ、自らは舳先に座を占めた。

由蔵も自然にそのかたわらに腰を落ち着かせることになった。

御用船が流れに逆らい、大川の左岸から右岸へとゆっくり遡行《そこう》を始めた。

「由蔵さんや、おまえさんとも長い付き合いだ」

老練の町方同心の木下三郎助が由蔵に顔を寄せて言い出した。

「はい」

由蔵は船に誘われたときから、このことを覚悟していた。

「最前の話だがな、ほんとうに卯吉に覚えはないのだな」

「はい」

「なら、なにを案じておる。隠し事があるんじゃねえのかい」

ふうっ
と由蔵が息を吐いた。

三郎助が胴の間にあった煙草盆を引き寄せ、二人の間に置いた。

いつしか秋の陽は中天にあった。

「木下様には中途半端な話は通じませんな」

「これがこっちの仕事だ」

と三郎助が自嘲《じちよう》気味に笑った。そして、言い訳した。

「長年の出入りのお店の話だ。まして非番月の身だ」

由蔵は煙草入れから煙管《きせる》を抜いて刻みを詰め、煙草盆の火を移した。

紫煙が川面へ漂い、下流へと流れていった。

「木下様、いかにもこの話には隠し事がございます」

と前置きした由蔵は、

「薄雲という遊女の客は私ではございません」

「総太郎さんだな」

「はい。大坂に参られた若旦那様は十八と若《わこ》うございましたし、遊び慣れてはおられませんでした。私ら二人を最初に新町の揚屋淡路に連れて行ってくれたのは、鴻池本店の番頭さんです。ということは淡路でもおぼろげに、私どもが上客だと承知していたわけです」

「下にも置かないもてなしだったか」

今度は由蔵が苦笑いして、

「私らは時に誘い合わせて淡路の二階座敷に上がりました。私は三月《みつき》に一度か半年に一度で、馴染みは作らぬよう用心いたしました。ですが、総太郎様は二十一の薄雲の手練手管に骨抜きにされて、ひと月、あるいは半月に一度は通われていたようです。話が曖昧なのは、総太郎様と私の奉公先は別のお店、総太郎様の行動を私もすべて見ていたわけではございません」

「由蔵さん、総太郎さんが薄雲に卯吉を産ませた可能性はあると言うのだな」

「総太郎様が鴻池本店で修業をしたのは二年半、江戸戻りは私と一緒にございました。大坂を離れる前、私が総太郎様に薄雲とは綺麗に手が切れましたかと尋ねますと、いくらなんでも遊女上がりを江戸に連れて行かれませんよ、と笑われました。その言葉で私は、総太郎様の馴染みは最初から最後まで薄雲だったと分かりました。嫁にと考えられたこともあったやもしれません」

たからだな」
「由蔵さんが卯吉のことを案じたのは、もしや総太郎さんの倅ではないかと考え

「はい」

二人の間に重い沈黙の時が流れた。

御用船はすでに両国橋へ接近しようとしていた。

「由蔵さん、どうすればよいと考える」

馴染みの同心が由蔵の顔を覗き込んだ。

「卯吉はなぜか私が父親と思うております」

「そこが話の怪しいところだ」

「卯吉にはなんとしても総太郎様の馴染みは薄雲であったと気付かせたくはございません。真実、卯吉が総太郎様と薄雲の子であるならば、私の子として始末を付けたい」

と由蔵が言い切った。

「幸いなことに総太郎様は高崎に御用旅をして、江戸を留守にしておいでです。五日後にお店に帰着されるまでに、なんとしても事を終わらせたい」

「卯吉が総太郎さんの子の疑いが出た場合、おまえさんの一存で始末を付ける気

かえ」

「総太郎様は近々大旦那様から吉右衛門を襲名して、名実ともに今津屋の旦那様となられます。その旦那様に傷が付いてはなりません。またお内儀様を悲しませてもなりません。木下様、この由蔵の一命に替えてもこのことの始末を付けたいのです」

しばし木下三郎助から返答はなかった。

御用船が両国橋の下に差しかかった。そのせいで二人の向き合う顔が暗く沈んだ。

「差し当たって大旦那は引き込みたくはない。だが、この話、老分の伴蔵さんには伝えておいたほうがいい。総太郎さんの身も大事だが、おまえさんの奉公に傷が付いてもならぬ」

と木下三郎助が言い切った。

「おまえさんが伴蔵さんにすべてを打ち明けることと引き換えに、木下三郎助、危ない橋も渡ろうか」

由蔵は三郎助の顔を正視すると、がばっ、と御用船の船底に額を擦り付けた。

六

御用船が浅草橋の船着場に着くと、そこにはすでに佐吉の手下が待ち受けていた。佐吉とともに先行していた手下の一人だ。

「木下の旦那、竹本一座はすでに打ち上げて両国西広小路からいなくなってますぜ。二日前のことらしいや」

「佐吉はどうした」

「卯吉って野郎が一座にいたかどうか、あの界隈の小屋の聞き込みをしています」

木下三郎助はしばし考えた後に、船頭に奉行所に戻るよう命じ、

「由蔵さん、一座がいなくなった小屋をちょいと覗いていこうか」

と由蔵を誘った。

両国橋の東西には広小路と称する火除地《ひよけち》があった。明暦の大火後に両国橋が架けられたとき、橋の西側一帯が火除地として指定され、それが後々さらに広げられて広小路になった。

その南の端が今津屋の店のある米沢町、北は吉川町だ。火除地の性格上、見世物小屋、芝居小屋、食べ物屋などはすべて仮設のかたちで幕府から許しを受けていた。だから、朝には青物市が立ち、それが終わると見世物小屋などが客を呼び込んだ。

小屋は筵《むしろ》や葦簾《よしず》張りなどだが、江戸府内有数の歓楽地として人を集めていた。江戸下り竹本扇太郎一座が芝居を打っていた小屋の裏口から、見世物小屋の筵壁の間と大勢の人の頭の上に今津屋の分銅看板を覗き見ることができた。

「こんなところから店が見えますか」

由蔵が驚きの声を上げた。

朝夕、人込みが少なくなる時分なら、店の中や客の出入りまで確かめることができよう。

聞き込みに廻っていた佐吉親分と再会した三郎助と由蔵に、

「それにしてもこんな人込みの中、おこんは、ようも卯吉の行動に目を留めてくれましたな」

と佐吉が言った。

「おこんさんは賢い娘ですからね」

由蔵がなんとなく胸を張った。

「確かに物心ついた時分から六間堀界隈では、鳶が鷹を産んだって評判の子でしたぜ」

と佐吉が応じ、

「木下の旦那、一座は演《だ》し物が当たらず、ひと月の予定を半月で打ち上げて上方へと戻ったそうです」

と報告した。

「卯吉は一座の者だったのだな」

「へえっ、卯吉は木戸番から舞台脇での拍子木《ひょうしぎ》打ちのほか、さらには役者が足りないときは白粉《おしろい》を塗って舞台にも上がる。器用なんでも屋の若い衆として重宝がられていたようです」

「一座は上方に戻った。となると卯吉は一座を離れ、江戸に一人残ったか」

「で、ございましょうな。なにしろ由蔵さんを付け狙って姿を見せたばかりだ」

「後は通旅籠町《とおりはたごちょう》辺りの安宿に潜《もぐ》り込んだか」

「木下の旦那、卯吉には仲間がおりましたよ」

「なにっ、芝居仲間か」

「いえ、卯吉とは別に上方から江戸入りした連中のようで、浪々の剣客を頭《かしら》に渡世人が入り混じった四人組だそうで」

しばし沈思した三郎助が、

「そやつ、一見十七、八に見えたようだが、意外と歳を食ってねえか。十七、八の餓鬼《がき》に、浪人やら渡世人を従わせる知恵と才覚はあるめえ」

「わっしもそのことを考えておりました。旦那が言われるように、見かけより四つ五つ、いや、もっと年上かもしれませんぜ」

「木下様、佐吉親分、卯吉が十八以上なら旦那様、いえ、私には関わりがございません」

由蔵がうっかり旦那様と言いかけ、慌てて言い直した。

「番頭さん、まず卯吉と仲間の塒《ねぐら》の調べがついたら勝負ありと思うがねえ」

佐吉が楽観したように考えを述べた。

由蔵は卯吉の連絡先をまだ胸に仕舞っていた。

「佐吉、そう容易くいくかどうか知らねえが、卯吉一味の居場所を調べ上げよ」

三郎助に命じられた佐吉は、へえっ、と畏まり、手下を連れて広小路の芝居小屋の前から姿を消した。

「木下様、お店に立ち寄られませんか」

三郎助が今津屋の店を眺めて、

「伴蔵さんにこの一件を話す場には、それがしも同席したほうがよいやもしれぬな」

と呟くと今津屋訪問を承諾した。

今津屋では昼前と夕暮れ時の二度、大勢の客で込み合った。だが、七つ（午後四時）の刻限で、客は少なかった。

「ただ今戻りました」

由蔵が帳場格子の老分番頭の伴蔵に挨拶すると、険しい表情で伴蔵が由蔵を迎え、一緒に店に入ってきた出入りの同心木下三郎助に訝しげな視線を送った。

「これは木下様」

「川向こうで由蔵さんと出会うたで挨拶に罷《まか》り越した」

「それはご丁寧に」

と応じた伴蔵の顔に、由蔵はいつもとは違う様子を見た。

「老分さん、御用が遅くなりまして申し訳ございません」

「由蔵、あとで話がございます」

と険しい顔で囁《ささや》く伴蔵に三郎助が、

「老分どの、それがしもちとそなたに話がござる」

「木下様、なんぞ火急な用件にございますか」

伴蔵が三郎助と由蔵の双方の顔を素早く窺った。

「由蔵、木下様はどうやら私に話があって見えられたようですね」

頷く由蔵に、なら木下様を店座敷に案内なされ、と伴蔵が命じた。

店座敷の中でも一番東側の部屋は店から遠く、話が店に洩れなかった。

今津屋の老分の伴蔵、番頭の由蔵、そして南町奉行所定廻り同心木下三郎助は、人払いをした店座敷で対面した。

「老分さん、私への話とは店の御用にございますか」

と由蔵が口火を切った。

「おまえさん、なんぞ心当たりがあるようですな」

今津屋に五十余年、忠義一筋に奉公してきた伴蔵が由蔵を厳しい目で睨み据えた。

「はい」

「木下様を同道した用事と関わりがあるということですか」

「ひょっとしたら」

「木下様も承知の話なのですね」

由蔵は伴蔵の目をしっかりと見ながら、はい、と答えた。

「なら、私からおまえさんに問い質したいことがあります」

「承《うけたまわ》ります」

「おまえさん、隠し子をお持ちか」

「老分さんはこの由蔵が独り者と承知しておられます。外に女を囲う甲斐性《かいしょう》はございません」

「ただ今の話ではない。おまえさんが大坂に見習い修業に出た時分のことです」

ふっ
と三郎助の口から息が吐かれ、

「やはり同じ一件であったか」

と呟いた。

「老分どの、由蔵さんを問い質したい一件、話してくれぬか。その後、由蔵さんからとくと事情を説明させる」

木下三郎助の言葉に伴蔵が頷き、呼吸を整えた。

「由蔵が深川に使いに出て半刻（一時間）も過ぎた頃、浅葱裏《あさぎうら》にしては殺伐《さつばつ》とした風貌《ふうぼう》の武家と小者が店を訪ねてきて、主に会いたいと申しますでな、私が応対いたしました。すると、澤地信五郎《さわちしんごろう》と名乗った侍が、由蔵、おまえさんが大坂に修業に出た時代に馴染みのあった女に子がおる。近々こちらに証の品と一緒に連れて参りたいとの、談判とも脅しとも付かぬ話でした」

「老分どの、それに対してなんぞ申されたのか」

三郎助が訊いた。

「確かにうちの由蔵は、若い手代時分に大坂のさるお店に奉公に出たことがございます。若い者のこと、馴染みになった女がいても不思議ではございません。ですが、十六、七年も過ぎて急に申し出られるとはおかしな話ですと言い返しますと、その者の母親おいとが死の間際まで父親がたれか口外しなかったからだと答えました」

「それで」

「私は、由蔵が父親という証の品はなんですと尋ねました。相手は古い文を何通か見せましたが、それは表書きと差出人だけの提示にございました」

「差出人は由蔵と、はっきり名が記されていたわけじゃな」

「木下様、さようでした」

と答えた伴蔵が由蔵をひたっと睨み、

「なんぞ言い訳はありますか、由蔵」

と問うていた。

「老分どの、文の中身は見せなかったのじゃな」

応じたのは三郎助でこう反問した。

「見せませんでした。ですが、江戸米沢町今津屋奉公人由蔵の名が、はっきりと一通にはございました」

「老分さん、その手跡はこの由蔵のものではなかった。若い折りの総太郎様の筆跡だったのではございませんか」

由蔵の言葉に伴蔵の両眼が見開かれ、三郎助も、うむという表情を見せた。由蔵は船中ですべてを話したわけではなかったのだ。

「おまえさんはよう承知ですね」

「老分どの、最前も申したが、由蔵さんにはとくと説明させる。そやつらの行動を最後まで話してはくれぬか」

三郎助の再度の催促に伴蔵が、

「その文、買い取れと申されますかと訊き返すと、大番頭、われらは強請《ゆす》り集《たか》りではない。然るべき筋に出て、由蔵の倅ということを世間に認めてもらいたいだけだと申しまして、文の中身も見せず、本日は挨拶に参っただけと言い残して、あっさりと辞去いたしました」

と歓迎せざる訪問者の行動を告げた。

交替で由蔵が話し出した。

「老分さん、つい一刻（二時間）前のことです。川向こうで、匕首を翳《かざ》した男に襲われましてございます」

「なんですって」

由蔵は切られた袖口を伴蔵に見せた。

「その男が、私の倅と称する卯吉にございます」

と前置きした由蔵は、卯吉に襲われた一件を告げた。

「なんという話が」

「老分さん、大坂に見習い修業に出た時分、私も若うございましたし、遊びをしなかったわけではございません」

伴蔵が頷いた。

「総太郎様は私よりもさらに若うございました。それに大旦那様の目の届かない暮らしは、鴻池本店とは申せ、初めてのことにございました」

「総太郎様、気を抜かれたか」

「鴻池の番頭さんが、大坂に参られた総太郎様と私を一夕、新町の揚屋淡路に招いて、明日からは奉公人です、本日はせいぜい楽しんでくださいと接待してくださいました。その夜、敵娼《あいかた》だったのが、薄雲ことおいとと申す遊女でした」

「総太郎様は薄雲と馴染みになったのですね」

「はい。一夜目は鴻池の番頭さんの招きですから、私どもの身分も名も知らすことなくあっさりと引き上げました。それから、半月も過ぎた頃、総太郎様はまだ遊里の水に慣れぬ薄雲に惹《ひ》かれたらしく、淡路に行こうと私を誘われました。そのとき、私は咄嗟に総太郎様の身分を女に明かすことは不味《まず》いと考え付き、もし身分や名を聞かれたら、江戸から来た手代の由蔵を名乗るよう願うたのです」

ふうーっ
と伴蔵が大きく肩で息をつき、三郎助が首肯した。

「やつらが由蔵と思うて今津屋に乗り込んできた相手は、総太郎様でしたか」

伴蔵の問いに由蔵が頷いた。

重い沈黙が店座敷を支配した。

「老分どの、今津屋には跡取りが未だおらぬ。万が一、卯吉が総太郎どのの子となれば、今津屋の身代は後々その者にいくことになるぞ」

「それは困ります。今津屋は確かに跡取りがおらぬゆえ、大きな懸念のタネにございますが、得体の知れぬ者が入り込むのはそれ以上に差し障りがございます」

「いかにも」

「木下様、卯吉は総太郎様の血を引いた者と考えられますか」

「そこじゃあ。その者、一見十七、八に見えぬことはないらしいが、どうももう少し年上ではないかと思われる。五つ、あるいは十近くもな」

「ならば総太郎様の子ではございませんな」

「見かけだけではなんとも申せぬ。とにかく卯吉一味は総太郎どのが若き日に与えた文を持っておる。となると薄雲のなんらかの縁者か、知り合いか」

「老分さん、総太郎様が所帯を持たれることまで考えられたのは確かです。しかし江戸のことを思い、諦められた」

「それでこそ今津屋の旦那様です」

「ですが、最後に身請けの金子を手切れ金代わりに渡されたと思います」

ふうっ
と伴蔵が大きな息をついた。

「このことを承知なのはたれとたれです、由蔵」

「この場の三人」

「だけですか」

「それと、このように詳しくは知りませんが、佐吉親分とおこんさんが行きがかり上、真相のいくらかを承知です」

「佐吉は案じる要はない。御用聞きの中でも信頼のおける者だ」

と木下三郎助が保証し、伴蔵が、

「おこんはうちに奉公の身、あの娘ならば大丈夫です」

と自らに言い聞かせるように呟いた。

再び座に沈黙が漂った。

「木下様、策はなんぞございますか」

「まず第一に、卯吉一味の塒を探し出すこと。次いで卯吉が真実《まこと》総太郎さんの血筋かどうか調べることじゃな」

「木下様、卯吉は私が父親と思うておるのです。なんとしても私が相手と、最後の最後まで思わせてください」

　由蔵の悲痛な叫びだった。

「とにかくこの一件、お白洲に出すようなことがあってはなりません」

　と伴蔵が願った。

「あやつら、叩けばいくらでも埃《ほこり》が出るのは間違いない。となれば自ら奉行所に訴えることはあるまい。それより考えがなくもない」

「なんでございますな」

「卯吉なる者、大坂でなんぞやらかして江戸に逃げてきたとも思える。大坂の奉行所からの手配書を調べる」

　と三郎助が地味な作業を自ら行うと宣告した。

「老分さん」

　と由蔵が言い出した。

「この一件、大旦那様には」

「申し上げるにしても、今ではない。大旦那様に申し上げれば総太郎様に、さらにはお内儀様に伝わるやもしれません。なんとしてもそれは食い止めたい」

「総太郎様が高崎に御用旅であったのが幸いでした」

「いかにもさようです」

と答えた伴蔵が再び沈思した。長い沈黙だった。

「由蔵、しばらく謹慎しなされ。あやつらがおまえさんを名指しで乗り込んできたのは確かです。そこで、私の一存でおまえさんを謹慎処分とします、店の外に出なされ」

はっ、と返事した由蔵が、

「承りました」

と潔く答えた。

由蔵は、今津屋の奉公人には戻れぬかもしれぬと覚悟した。

「そなた、どこぞに身を潜める場所はあるのか」

三郎助が問うた。

十四の歳から今津屋に住み込み奉公だ。今更、帰る家とて思い付かない。

「私が広徳寺の和尚に文を書きます」

と伴蔵が言った。

上野新寺町通にある広徳寺は今津屋の菩提寺《ぼだいじ》だ。

「畏まりました。すぐに荷を纏《まと》めます」

その日のうちに番頭由蔵の姿が今津屋から消えた。

おこんは湯豆腐の土鍋《どなべ》を七輪《しちりん》にかけた。

「お父っつぁん、一人で食事の仕度ができるの」

「心配するねえ。若い時分から煮炊きには慣れていらあ」

「私が知るかぎり、お父っつぁんが竈の前にいるなんて見たことないわ」

「おのぶがいた時分はおのぶが、おっ母さんが亡くなってからはおめえが、三度三度の仕度をしてくれたからな」

と沈み込む父親から話題を変えようと、

「今津屋の番頭さん、大丈夫かしら」

「あんなちんぴらに付き纏われて番頭さんも災難だ。なんだって番頭さんの倅だなんて言いがかりをつけたのかね。番頭さんから銭でもふんだくろうという算段か」

「あんな人が番頭さんの倅のわけがないわ」

「そうだよな」

おこんは長火鉢の銚釐《ちろり》を手にとると、その底に指を当てて燗《かん》具合を確かめ、父親に注《さ》した。

「おめえから酒を注いでもらうのもあと二、三日か。卯吉の騒ぎで奉公入りが遅れたのはうちには幸いだ」

金兵衛の声が儚《はかな》げな虫の鳴き声と一緒になって寂しげに聞こえた。

「お父っつぁん、遠いところに行くわけでなし、両国橋を渡ったところが今津屋さんよ」

「川向こうか。縁遠い世間でな、なんとも遠いぜ」

と嘆いた金兵衛が猪口《ちょこ》の酒を口に含んだ。

七

両替商上総屋は回向院《えこういん》前、南本所元町の一角に分銅看板を掲げていたが、今津屋に比すべくもない小体《こてい》な店構えで、大半の客が小商人《こあきんど》や棒手振りであった。まれに南北割下水に屋敷を構える御家人や少禄《しょうろく》の旗本が御用で訪れることもあったが、同じ両国広小路と呼ばれても、西と東とでは商いの規模が違った。

「あらっ、大変、陽がこんなに傾いてるわ」

おこんは小さな庭に落ちる陽射しに気付いて驚きの声を上げた。

「あら、おこんちゃん、私たち当分会えないのよ。夕餉を食べていって」

「うちではお父っつぁんがお腹を空かして帰りを待ってるの。明日、お師匠さんのところに一緒に行かない。最後にさらってもらいたいわ」

この日、おこんは、踊りの仲間のおそよを訪ねて夢中で居間で話し込んだ。むろん今津屋に奉公が決まったことを報告に行ったついでに、あれこれと世間話に時を忘れたのだ。いつの間にか一刻半（三時間）が過ぎたようだ。

「おこんちゃん、今津屋さんはうちと違い、大店の中の大店よ。仕来りやら決め事に煩いと思うわ。嫌なことがあったらさ、今津屋ばかりが両替屋じゃなし、深川に戻っておいでよ」

「両国橋を渡って東と西なのに、気風もなにもかも違うわね」

「おこんちゃんなら川向こうでも勤められると思うな。でも私はだめだわ。すぐに息が詰まると思う」

と言っておそよがけらけらと笑った。

二人が上総屋の店に姿を見せると、番頭一人手代一人小僧一人の店の奉公人が揃って、おこんを見た。

「おこんちゃんも見納めか」

番頭の理兵衛《りへえ》が嘆いた。

「おこんちゃんなら立派に今津屋の奥務めができますよね、番頭さん」

店が小さいだけに奉公人も気軽で、今津屋のような序列の分け隔《へだ》てがない。

「今津屋さんの商いはうちが百軒束になっても敵わないほど大きいからね、いろいろと苦労もあるだろうが、無事に勤め上げた暁には今津屋さんから嫁に出してもらえるよ」

理兵衛が請け合った。

「番頭さん、玉に瑕《きず》は跡継ぎがいないことだ。その点、うちは口煩いけど娘が三人もいるもんな」

とうっかり者の手代の杵吉《きねきち》が洩らして、

「杵吉、口煩い娘で悪かったわね」

「あれ、お嬢さん、そこにおられましたか」

「そりゃ、おこんちゃんと比べたら器量は落ちるわよ。でも、あらそこにいたかってことはないでしょ」

と深川の両替商は、身内も奉公人も気さくだった。

「いいこと、おこんちゃん。今津屋に嫌なことがあったらさ、うちで引き取るから、さっさと戻ってくるのよ」

「その代わり、川向こうにうちのおそよ様を奉公に出すか」

「杵吉、あちらからお断りがあるかもしれませんよ」

と番頭の理兵衛まで言い出し、おそよが、
ぷんぷん
と怒ってみせた。

奉公に出るおこんを気遣い、おそよたちがおこんを励まそうとしていることを承知していた。思わず瞼が潤みそうになったがぐっと堪《こら》えて、

「橋の向こうにおいでの節は今津屋へお立ち寄りください」

と挨拶して上総屋をあとにした。

両国東広小路も芝居小屋や見世物小屋がかかり、大勢の客を集めていることに変わりはないが、西に比べて規模も小さく田舎臭かった。

おこんは、

（そうだ、お父っつぁんが辻焼の鰻を食べたいって言ってたわ）

と思い出して広小路の雑踏を見回した。

「おこんちゃん、どうした」

楊弓場「金的銀的《きんてきぎんてき》」の朝次《あさじ》親方が着流しで立っていた。

「親方、この近辺に鰻の辻焼が店を出していると聞いたけど、知りませんか。お父っつぁんにお土産にしたいの」

「それならうちの横手だぜ。案内しようか」

と朝次が、大山参りの出立に際し、身を清める水垢離場《みずごりば》の前にある楊弓場に連れていった。

「親方、お父っつぁんが惚れて通う楊弓場があるんですって」

「なんだ、知っていたのかい」

おこんが頷くと、

「娘は心配か」

「そんなんじゃないけど、私、奉公に出るんです。お父っつぁんが本気ならと思っただけ」

「おこんちゃん、奉公に出るのかい」

おこんは今津屋の住み込み奉公に出ることが決まったことを簡単に告げた。

「この界隈が寂しくなるな」

と呟いた朝次が、

「金兵衛さんの相手は所帯持ちの子二人だ。金兵衛さんの後添いというわけにはいくまいよ」

と笑った。

「なんだ、お父っつぁん、そんなことも知らないで口説いていたの」

「男は女に惚れるとな、周りが見えなくなるのさ」

「お父っつぁん、それを知ったらがっかりするわね」

「おこんちゃん、そのうち金兵衛さんに、そっと言い聞かせておくからさ、安心して奉公に精を出しねえ」

「お願い申します」

と頭を下げるおこんの鼻先にいい匂いが漂った。

一年前、芝口橋で由蔵と立ち食いした串刺しの蒲焼が、東広小路界隈に香ばしい匂いを漂わせていた。

「おい、爺さん。知り合いの娘さんが親孝行に蒲焼を買っていこうってんだ。いいところを安くしてさ、おまけも付けてくんな」

と朝次がおこんに代わって辻焼の鰻を注文した。

おこんが血相を変えた佐吉親分と手下たちに会ったのは、東広小路の雑踏を北から南へ突っ切ろうとしていたときだ。

「親分」

「おお、おこんちゃんか」

「どうしたんですか」

「今津屋の番頭さんがいなくなったんだ。今、使いを貰ったとこだ」

「えっ、お店からいなくなったの」

「そうじゃねえ。老分さんの判断で、由蔵さんは今津屋の菩提寺、上野山下の新寺町通の広徳寺に当分隠れていることになったんだ。それが昨夜《ゆうべ》のことだ。だが、今日の昼、寺から姿を消したそうな」

「番頭さん、卯吉って人に攫《さら》われたのかしら」

「それはあるめえ。由蔵さんが広徳寺に行かされたことは極秘だからな。おこんちゃん、なんぞ気付いたことがあったら、うちに知らせてくんな」

と言い残した佐吉らが両国橋へと走って消えた。

(番頭さんたらどうしたんだろう)

と思いながらもおこんは六間堀町の長屋に、

「お父っつぁん、待った」

と叫びながら戸口を開いた。

台所からなにかが焦げるような臭《にお》いがして、おこんは慌てて台所に駆け込んだ。

すると金兵衛が七輪で茄子《なす》を焼いていた。

「お父っつぁん、それじゃあ鴫《しぎや》焼きじゃないわ。ぼうぼう焼きよ。私が代わる」

おこんは外着から普段着に着替え、金兵衛に竹皮包みを差し出し、金兵衛が持つ菜箸《さいばし》と交換した。菜箸は火があまりにも強いせいで先が焼け焦げていた。

「お父っつぁんの食べたかった鰻の辻焼よ」

「おお、こいつが匂ったか」

と金兵衛が竹皮包みを手にしたとき、おこんの脳裏にひらめいたものがあった。

(番頭さんたらまさか)

「お父っつぁん、すまないけど一人で食べて。私、思い出したことがあるの。今津屋さんに行って佐吉親分に知らせなきゃ」

「な、なんだ、おこん」

「あとで話す」

おこんは台所から玄関へと飛び出し、草履《ぞうり》を突っかけると、一見行き止まりに見える猫道を大川端へと走り出した。

(間に合わなかったらどうしよう)


おこんが今津屋の店先に飛び込んだとき、御用聞きの佐吉と老分の伴蔵が店の奥から姿を見せたところだった。

「親分さん、老分さん」

と叫んだおこんは、その瞬間、菜箸が手にあることに気付き、慌てて帯の間に挟み込んだ。

「おお、おこんちゃん。なんぞあったか」

「番頭さんは戻られましたか」

「まだだ」

「話があるんです」

「ここじゃまずい。奥だ」

佐吉が伴蔵の許しを得るように顔を見た。頷き返した今津屋の老分番頭が、今出てきたところに佐吉とおこんを誘った。

「由蔵はなんのためか、自らの意思で広徳寺を出たと思われます」

と伴蔵が言い、佐吉がおこんに尋ねた。

「なんぞ思い出したことでもあったか」

「親分さん、木母寺を承知ですか」

「永年川向こうで一家を張ってきた御用聞きだぜ。隅田村の木母寺を知らないでどうする」

「いえ、そうじゃないんです。卯吉が番頭さんに突きかかった後、二、三、大坂の見習い修業の頃のやりとりが二人の間でありました」

佐吉が頷いた。

「最後に番頭さんが、卯吉と会いたいときはどうすればいい、と訊かれたんです」

「ほう、そんなこと、由蔵さん、おれには話さなかったぜ。で、野郎は木母寺を持ち出したか」

「隅田村木母寺本堂裏手に来いと、卯吉が答えたんです」

「それですよ」

伴蔵が口を挟んだ。

「由蔵は総太郎様を大坂で見守りきれなかったと悔やんでおりました。今度の一件は自分の責任《せめ》と思い込んでいるのです。由蔵は一人で始末をつける気で道中差を持ち出したのだと思います」

佐吉が大きく頷いた。

「親分、由蔵を死なせてはなりませんし、また罪を犯させてもなりません」

「へえ」

と短く佐吉が答え、

「老分さん、木下の旦那にこの話の一切合切を伝えてくれませんか」

「承知しました」

と請け合った伴蔵が、

「おこんさん、よう思い出してくれましたな。おまえさんはたれぞに送らせます」

「老分さん、それはようございます」

「一人で帰ると言うのですか」

「いえ、佐吉親分と一緒に木母寺に参ります。木母寺はおっ母さんが生きていた頃、よく花見に行った場所です。どこに水辺があり、どこに船だまりがあるかも承知です」

　と決然とした答えがおこんから返ってきた。

「由蔵を助けに行くですと。奉公前の娘に、親の許しもなくそんな危ない橋を渡らすことができますか」

　伴蔵が顔を横に振ると、

「老分さん、おこんちゃんは救いの神だ。おこんちゃんの命はどんなことがあっても、わっしらが守ります。一緒に連れていってはいけませんか」

　と佐吉が願った。

「親分、金兵衛さんの断りもなしですぞ」

「老分さん、大旦那様のお許しを得た日から、私は今津屋様の奉公人と思って過ごしてきました。大事な恩人が危ない目に遭うかもしれないんです。私もなにか役に立ちとうございます」

　伴蔵はおこんから佐吉に視線を移した。すると佐吉がこくりと頷いた。

　今津屋から使いが、深川六間堀の金兵衛の家と八丁堀の木下三郎助の役宅に出された。一方、おこんと手下を伴った佐吉は、川清の船頭良蔵の漕《こ》ぐ猪牙舟で大川を上り、隅田村に向かった。

陽は御城の向こうに沈んだが、明るい夕焼けが江戸の空を覆っていた。川面には赤蜻蛉《あかとんぼ》が群れをなして舞っていた。

「親分さん、私には今一つ番頭さんの行動が解《げ》せません」

おこんと佐吉は猪牙舟の胴の間に並んで座り、手下たちは離れて舳先にいた。

おこんの呟き声に佐吉が、

「どこが解せねえ」

と低声《こごえ》で訊き返した。

「私、お父っつぁんとおっ母さんの子かどうか、初めて会ったとしても分かるような気がします。番頭さんと卯吉は、どう見ても似ても似つきません。それなのに番頭さんは」

「危ない橋を渡るのか、とおこんちゃんは訊くんだな」

「はい」

「おめえは今津屋に奉公する身だ。知らないほうが気は楽かもしれないぜ」

「親分さん、私はすべてを知った上で親身の奉公がしとうございます」

「だが、こいつは若いおめえが墓場まで口を噤《つぐ》まなきゃならねえ話だ。できるか」

「できます」

おこんのきっぱりとした返事に、そうか、と答えた佐吉はそれでも沈思した。

「私、番頭さんに一度は救われた身です。最上様に奉公しようとして内情を教えてもらったんです。そのとき、番頭さんは、出入りのお屋敷の悪口を他人様に洩らすのはお店の御法度ですが、みすみすおまえ様が最上様の自堕落な家風に染まるのを見過ごすわけにはいきませんと言って、最上家の内情を話してくださいました。そんな番頭さんが危難に陥っているとしたら、私、どんなことでもしたいし、どんなに責めを受けても口を噤んでいます」

「よかろう。おれも御用聞きの御法度を破り、一存でおめえに真相を知らそうか」

と前置きした佐吉は、薄雲ことおいとの相手は由蔵ではなく若き日の総太郎であったことを告げた。

「高崎に御用旅に出かけた総太郎旦那は、数日後に江戸に戻ってきなさる。由蔵さんは自らの命を投げ出しても、それまでに卯吉を始末しようと考えているんだよ」

おこんは話を聞いてしばらく黙っていた。

「呑み込めたか」

おこんがこくりと頷いた。

猪牙舟に横手から残照が射してきて、流れを茜《あかね》色に染めた。そして、それはすぐに濁った色へと変わっていった。

西空を背負っていた佐吉の顔が暗く沈んだ。反対におこんの顔にその陽の名残りの光が当たって浮き上がらせた。

「番頭さんのお気持ちがとくと分かりました。番頭さんは卯吉が持ち出した薄雲さん、いえ、おいとさんの相手を自分のこととして決着を付ける気でおられるのですね」

「そういうことだ」

「親分さん、どうなさる気ですか」

「まず由蔵の身が大事だ」

おこんは頷いた。

「次にこの一件、卯吉が総太郎さんの子であってはならないんだ。たとえ真実血が繋がっていたとしてもな」

「お金で解決を付ける気ですか」

おこんは佐吉が持参する風呂敷包みに目をやった。伴蔵が佐吉に持たせたものだ。

「五百両の大金を預けられた。いくら大店を任された老分番頭とはいえ、五百両もの大金を主の了解なしに都合するのは大変なこったぜ。だが、それを老分さんはおれに託した」

「大旦那様や総太郎様に知らせないためですか」

「おれは金子での解決を反対した。だが、老分さんはこの一件、決して奥に知らせてはならぬ話だと言いなさった。跡継ぎは欲しい。だが、卯吉みてえな野郎ではない。総太郎さんとお艶さんの間に生まれる子、それが今津屋の望みだ。この話がお内儀に知れれば、もはや子は生まれまいと老分さんは言うのさ」

おこんは卯吉らが五百両で納得するかと怪しんでいた。

万が一、卯吉らが、おいとの相手が今津屋の旦那と知ったら、なにが起きるか、想像しただけで空恐ろしかった。

猪牙舟は、橋場の渡しをゆっくりと越えて、さらに上流へと漕ぎ上っていた。

八

「ほう、役者小僧の卯之助《うのすけ》か」

と木下三郎助が膨大な手配書の山から一枚を取り出し、

「寛保《かんぽう》三年（一七四三）生まれの野州無宿だと。上方者ではないうえに、二十六になるではないか」

と呟いたとき、廊下に足音が響いて、

「父上、今津屋からの使いが参り、番頭由蔵は卯吉なる者と会う心積もりで寺を出たそうで、行った先は隅田村木母寺と予測されるとか。お出張《でば》りをと佐吉が願うておるそうです」

と倅の一郎太の声がして障子が開いた。

「よし」

と答えた三郎助はしばし何事か沈思していたが、

「一郎太、そなた、何歳に相成った」

廊下に控える嫡男に訊いた。

「父上、十六にございます」

「戦国の世なれば一族郎党を率いて戦場《いくさば》に立った若武者もおられた。一郎太、戦仕度をせよ」

「御用にございますか」

「御用であって御用ではない。長年出入りの今津屋がちと厄介なことに巻き込まれておる。役者小僧の卯之助ら四人を捕縛いたす」

言外に決意を秘めた父の表情に、

「はっ」

と一郎太の顔が緊張し、

「ただ今仕度をいたします」

と決然と立ち上がった。


大川上流の左岸にある隅田村は、西を大川、北を綾瀬川《あやせ》、東を古綾瀬川に囲まれた三角州の低地に立地していた。

この低地に、寺領二十五石の、天台宗に属する梅柳山隅田院木母寺があった。

木母寺は昔梅若寺《うめわかでら》と称していたそうな。謡曲『隅田川』に登場する梅若丸の伝承に関わる寺で、梅若丸の墓所とも伝えられていた。

天正《てんしょう》十八年（一五九〇）の徳川家康の奥州《おうしゅう》進発の際に立ち寄り、戦勝を祈願した。帰陣後に家康が梅柳山の山号を与えた経緯もあった。さらに慶長十二年（一六〇七）、寺を訪れた近衛信尹《このえのぶただ》が木母寺の寺号を贈り、改称した。

夏の季節には船遊びの通人が木母寺の水辺まで遠出して涼を楽しんだが、季節は秋へと移り、涼しいせいか、秋の虫が集《すだ》く時期にはもはやそのような風流人の遊び船の影もない。

寺領は隅田村から離れ、湿地の中に浮かぶ島のように見えた。事実、木母寺、梅若山王社、本坊跡などの建物が点在する境内をぐるりと堀が取り巻き、孤立していた。

佐吉親分と手下二人、それにおこんが乗る猪牙舟は、大川の本流に黒々と口を開けた湿地へと静かに入っていった。

月に叢雲《むらくも》がかかり、朧《おぼろ》な明かりに葦原《あしはら》、芒《すすき》が揺れるのが見えた。

船頭の良蔵は心得て灯《あか》りも点《とも》さず、木母寺寺領の前をいったん通過させ、木母寺の裏手の水路に舳先を突っ込んだ。

「おこんちゃん、おめえは猪牙で待ちねえ」

佐吉は猪牙舟を枯れた葦の水辺に突っ込ませると、おこんに命じた。

「親分さん、なにもしません、ご一緒させてください。番頭さんが元気かどうかだけでも早く知りたいんです」

「まだそのときが来るにはちと刻限がある。今はここで待て」

佐吉の命令は厳然として、おこんはがっくりと肩を落とした。

「様子を窺い、手下を呼びに来させる。おこんちゃん、それまで我慢だ」

佐吉にそうまで説得されては、おこんも頷かざるをえない。

佐吉ら三人が六尺棒などを小脇に抱えて猪牙舟からそっと境内の一角の湿地に飛ぶと、闇《やみ》に紛れるように姿を消した。

あとは儚げに鳴く虫の声が響くだけだ。

船頭の良蔵が、

「おこんちゃんといいなさるか」

と声をかけた。

「はい」

「食べねえか」

と竹皮包みを差し出した。

「お得意様のおかみさんに貰ったもんだ。牡丹餅《ぼたもち》だ、食べねえ」

「船頭さんが貰ったものをいただいていいんですか」

「おりゃ、甘いもんが嫌いだ」

と良蔵は言ったが、おこんに遠慮させないための嘘とすぐに分かった。

「頂戴します」

竹皮を解くと牡丹餅が三つ並んでいた。

「船頭さん、三つもあります」

「ぜんぶ食べねえ」

「食べ切れません。船頭さんも一つ食べてください」

「そうか、そうだな。次におかみさんに会ったとき、どうだったと訊かれても困るもんな」

と言いながら良蔵がまず牡丹餅を摘まんだ。それを見たおこんも牡丹餅を口に入れた。

「美味しい」

「甘いな」

二人は黙って牡丹餅を食べた。

由蔵は木母寺本堂裏手の回廊に座していた。すでにこの場に到着して三刻半（七時間）あまりが過ぎようとしていた。

どこからか打ち出されたか、時鐘が四つ（午後十時）を告げた。

虫の声だけが生を謳歌《おうか》するように鳴いていた。

由蔵は動かない。

（あやつは今津屋のためにならない者だ）

という考えだけが由蔵の脳裏に冷たくあった。背の帯に差し込んだ道中差が由蔵の覚悟のほどを示していた。

「親分、今津屋の番頭ですぜ」

手下の一人が言わずもがなのことを佐吉に告げた。

「長い夜になりそうだ」

佐吉は呟くと本堂裏手の回廊が望める芒の藪陰《やぶかげ》に身を潜めた。

ゆっくりと刻限が流れた。

集く虫の声は続いていた。

良蔵は流れに手を突っ込み、牡丹餅の餡《あん》のこびりついた手を洗った。そのとき、忍びやかな櫓の音を聞き、凝然とそちらを見た。

小舟に二つの影が乗っていた。一人は胴の間に端然と座し、一人は船頭だった。

(悪党どもか)

と闇を透かすと、二つの影は二本差の武士のように思えた。櫓を使う船頭も袴《はかま》の股立《ももだ》ちをとった若侍だ。

胴の間の武士が立ち上がった。

巻羽織に着流し、八丁堀の役人だ。

良蔵は船縁《ふなべり》をこつこつと叩いて、近付く小舟に教えた。船頭役の若侍が気付き、近付いてきた。

「南の木下三郎助だ」

「ご苦労に存じます。親分方は裏手に回られました」

「そろそろ怪しい野郎どもが姿を見せてもよい刻限だ。一郎太、木母寺の裏手に舟を回せ」

「はっ」

と若侍が心得て小舟をさらに進めた。二人の役人を乗せた小舟が半丁も遠ざかった頃合い、おこんが、

「船頭さん」

と呼んだ。

「おこんちゃん、なんだね」

「私たち、いつまでここで待つの」

「親分さんは手下を呼びに来させると言い残されたぜ。辛抱しねえ」

おこんはじっと耐えるしかなかった。さらに四半刻（三十分）が過ぎた。

「おこんちゃん、だれも来ねえな」

良蔵が呟き、綾瀬川から木母寺の前に流れ込む北の水路を見た。

そのとき、船が、

すうっ

と流れるように、木母寺裏手の水路に回り込んで姿を消した。

「船頭さん」

「見たか。野郎ども、鐘《かね》ヶ淵《ふち》から来やがったぜ」

「知らせなきゃあ」

「おおっ」

と応じた良蔵が竿《さお》を摑んだ。

由蔵は身辺に迫る人の気配を最前から感じ取っていた。腹も空き、疲れてもいた。そのことが由蔵の神経を鋭敏にしていた。そっと手を背に回し、道中差を確かめた。

ふわり
と風が戦《そよ》ぎ、卯吉が姿を見せた。

片手を懐に入れた、着流しだ。

「なんぞ用事か、番頭さん」

「卯吉さん、私がおいとさんに出した文をいくらで買い取らせてもらえますね」

「ほう、こいつを番頭がな」

上方弁を捨てた卯吉が懐から片手を突き出して文の束を見せた。

「高いぜ」

「おいくらで」

「今津屋の身代」

「なんと申されますな」

「番頭、おめえに危うく騙されそうになったぜ。この文を出した相手は由蔵、おめえじゃねえ。おめえと同じ時期、大坂に修業に出ていた者だ」

「そ、そのようなことはございません」

「大昔の番頭の不始末にしては、今津屋の慌て方がちょいとおかしい。今津屋の内情を知る両替屋の番頭に鼻薬を嗅《か》がせて昔話を聞かせてもらったのさ。そしたら、番頭のおまえは、忠義一筋ということが分かった。おれは文を何度も読み直して、やっと分かったぜ。文の主が旦那の総太郎ってことがな」

　由蔵は思わず悲鳴を上げていた。

「おまえさんのおっ母さんは、おいとさんではありませんな」

「いやさ、おれだ。おれが今津屋の跡継ぎだ」

「許しません」

　由蔵は回廊から立ち上がると地面に飛び下りた。

「番頭、おれを始末して口を塞ぐつもりか」

　卯吉の背後から三つの影が姿を見せた。

「澤地の旦那方、こやつをふん縛って今津屋に乗り込むぜ」

ろうとした。

「任せておけ」

今津屋に澤地信五郎と名乗って乗り込んだ剣客が、仲間に顎で合図して歩み寄

「許せません」

由蔵が背の帯から道中差を抜いて構えた。

「番頭、慣れぬことをするでない」

澤地がせせら笑い、仲間が刀や匕首を抜いた。

佐吉が芒の陰から飛び出そうとしたとき、水音がして、

「佐吉。卯吉こと役者小僧の卯之助は、大坂で金貸しの女を突き殺して金品を奪い、大坂の奉行所から江戸に手配が廻ってきておったぞ。おれの推測じゃあ、この女が元遊女の薄雲ことおいとだな」

木下三郎助の密やかな声がした。

「卯吉は、総太郎さんの種ではないんでございますね」

佐吉が答えた。

「寛保三年、野州生まれの二十六だぜ。ありえねえ」

「旦那」

「卯之助はそれがしに任せよ。あとの三人をふん縛れ」

「合点で」

そのとき、すでに争いが始まっていた。

澤地と名乗った剣客が由蔵目がけていきなり抜き打ちをかけた。

由蔵は必死で刃を避けようと、右手によろけるように逃《のが》れた。それでも道中差を振り回した。よろけた由蔵の帯を渡世人が片手で摑み、道中差を握る手をもう一人の仲間が摑むと、道中差を叩き落とし、

「卯之助、捕まえたぜ！」

鬨《とき》の声を上げた。

「役者小僧の卯之助、すでに調べはついておる。大人しく縛につけえ！」

「だれでえ」

「南町奉行所定廻り同心木下三郎助である」

凛然《りんぜん》とした三郎助の声だった。

一郎太も用意の木刀を構えた。

「くそっ！」

と罵《ののし》り声を上げた卯吉こと卯之助が、

「先生方、番頭を楯《たて》にここはいったん引き上げだ」

と命じた。

「よし」

由蔵の首に匕首を突きつけた渡世人が、由蔵を引きずるように船へと逃げにかかった。

ふてぶてしくも卯之助が辺りを見回し、

「不浄役人め、てめえら、御用じゃねえな。今津屋に金で頼まれたか」

と叫ぶと、

「今津屋に言っておけ、この借りは高くつくとな。今津屋の一切合切、竈の灰までこの卯之助のものにしてみせるぜ」

と言い残すと、由蔵を囲んで卯之助らは船へと後退していった。

木下三郎助、一郎太親子、佐吉親分らも由蔵の身を思い、手出しができないまま、数間の間合いを置いて従っていた。

水上に逃げられては、万事休すだ。闇に紛れ逃走される可能性もあった。

卯之助が木下父子の小舟の櫓を流れに放り込んで、

「さあっ、乗り込んだり」

と自分たちの船に飛び移り、自ら櫓を手にすると、岸辺まで後退してきた澤地らに命じた。

そのとき、おこんを乗せた良蔵船頭の猪牙舟が音もなく、
すうっ
と卯之助らの船の退路を断つように接近した。

気配に気付いた卯之助が振り向いた。

おこんは背を丸めて舟から岸辺に飛び下りると手に菜箸を握り締め、由蔵の首筋に匕首を突き付けて後退してきた渡世人の背中に突きかかった。さらに由蔵の体を必死の思いで突き飛ばして、自らも転がった。

「い、痛てえ。この小娘、なにをしやがる！」

「でかした、おこん！」

二つの声が交錯し、よろける相手に佐吉親分と手下たちが十手や六尺棒を振り翳して襲いかかった。

木下三郎助は、混乱に乗じて船を流れに出そうとする卯之助に迫った。

一郎太が舳先を両手で摑んで止めた。

月が叢雲から出て、木母寺裏の水辺を照らし付けた。

船が動かせないと悟った卯之助の薄い唇がひん曲がり、匕首を抜きながら船から飛び下りてきた。
その瞬間、
ぐいっ
と腰を沈めて踏み込んだ三郎助の剣が抜き打たれ、卯之助の肩口から胸へと袈《け》裟《さ》に深々と斬《き》り下げた。
「げええっ！」
卯之助がその場に身を竦めて三郎助を睨み、
「てめえは」
と言いながら、匕首を握った手を必死で虚空にさ迷わせていたが、
どたり
と崩れ落ちるように倒れ込んでいった。
役者小僧の卯之助の最期だった。
その懐から三郎助が文の束を抜き取った。
父の果敢な行動を、一郎太が舳先を摑んだ格好で凝然と見詰めていた。
由蔵とおこんは地べたに抱き合うように転がって顔と顔を見合わせた。

「おこんさん」

「番頭さん」

もはや二人の口からはなんの言葉も洩れてはこなかった。おこんが小指を立てて、小さな声で、

「指きりげんまん」

と呟き、由蔵の武骨な指が絡んで、

「この話、一生秘密。嘘ついたら針千本飲ます」

と二人の声が和した。


おこんが今津屋に奉公に出た夕暮れ、高崎城下での御用旅を終えた総太郎一行がお店に戻ってきた。

奥に落ち着いた総太郎が、

「何事もありませんでしたか」

と女房に訊いた。するとお艶が、

「ございました」

と言い、おこんを呼ぶと説明した。

「奥付きにおこんという娘を雇い入れました。番頭の由蔵さんの知り合いで、よくできた娘ですよ」

総太郎は新しい奉公人に、

「しっかりと奉公を願いますよ」

と微笑みかけると、おこんが、

「旦那様、精一杯頑張ります」

と挨拶した。

明和五年の晩秋の出来事だった。

あとがき

二〇〇七、八年のことだ。NHKの「陽炎の辻」(放映タイトルです)の放映もあって、私の文庫書き下ろしスタイルの執筆活動が一番多忙な時期だった。「居眠り磐音 江戸双紙」(当時のシリーズ・タイトルです)だけでも年に何冊も書いた覚えがある。そんな最中、『「居眠り磐音 江戸双紙」読本』が編まれ、その中に中編の「跡継ぎ」を書いた。

若き日のおこんと今津屋番頭の由蔵の偶然の出会いから、一年後、今津屋に奉公に出たあとの、十四、五歳のおこんのエピソードだが、なにか書き足りないような、中途半端な気持ちがずっと作者の胸の底にわだかまり残っていた。

読者諸氏は、すでにご存じのことと思いますが、文春文庫で「居眠り磐音 決定版」として、ひと月に二冊ずつ刊行中だ。また番外編というべき、新たな書き下ろしをこれまで、『奈緒と磐音』、『武士《もののふ》の賦《ふ》』、『初午祝言《はつうましゅうげん》』(前作より「新・居眠り磐音」と銘打って刊行中）と三冊刊行している。そこでこの「新・居眠り磐音」のなかに「跡継ぎ」の前編というべき「妹と姉」を新たに書き加えて、おこんの幼き日の二つの物語を編み、積年の想いを果たそうと考えた。

金兵衛のおかみさん、おこんの母親のおのぶが突然身罷って十か月後の深川六間堀町の金兵衛長屋に、下野国から侍夫婦が赤子を伴い、訪れる。そんな冒頭の情景から「跡継ぎ」へとどう物語が展開するか。十四歳にしては、いささか背伸びしたおこんのこれまで知られざる一面が、母親の突然の死や「姉」との出会いに影響されていたことが少しでも垣間見られたら、作者としては望外の喜びだ。

「居眠り磐音　決定版」とともに、不定期刊行だがスピンオフの「新・居眠り磐音」もよろしくご愛読のほど切にお願い申し上げます。

二〇二〇年春　熱海にて　佐伯泰英

本書の第二話「跡継ぎ」は『「居眠り磐音 江戸双紙」読本』（二〇〇八年一月 双葉文庫刊）に収録された同名作品に著者が加筆修正したもので、第一話「妹と姉」は文春文庫のために書き下ろされたものです。

文春文庫

おこん春《はる》暦《ごよみ》
新《しん》・居眠《いねむ》り磐音《いわね》

定価はカバーに
表示してあります

2020年4月10日　第1刷

著　者　佐《さ》伯《えき》泰《やす》英《ひで》
発行者　花田朋子
発行所　株式会社 文藝春秋

東京都千代田区紀尾井町 3-23　〒102-8008
T E L　03・3265・1211㈹
文藝春秋ホームページ　http://www.bunshun.co.jp

落丁、乱丁本は、お手数ですが小社製作部宛お送り下さい。送料小社負担でお取替致します。

印刷製本・凸版印刷

Printed in Japan
ISBN978-4-16-791468-4

居眠り磐音

友を討ったことをきっかけに江戸で浪人暮らしの坂崎磐音。隠しきれない育ちのよさとお人好しな性格で下町に馴染む一方、〝居眠り剣法〟で次々と襲いかかる試練と敵に立ち向かう！

※白抜き数字は続刊

居眠り磐音〈決定版〉順次刊行中！

① 陽炎ノ辻《かげろうのつじ》
② 寒雷ノ坂《かんらいのさか》
③ 花芒ノ海《はなすすきのうみ》
④ 雪華ノ里《せっかのさと》
⑤ 龍天ノ門《りゅうてんのもん》
⑥ 雨降ノ山《あふりのやま》
⑦ 狐火ノ杜《きつねびのもり》
⑧ 朔風ノ岸《さくふうのきし》
⑨ 遠霞ノ峠《えんかのとうげ》
⑩ 朝虹ノ島《あさにじのしま》
⑪ 無月ノ橋《むげつのはし》
⑫ 探梅ノ家《たんばいのいえ》
⑬ 残花ノ庭《ざんかのにわ》
⑭ 夏燕ノ道《なつつばめのみち》
⑮ 驟雨ノ町《しゅううのまち》
⑯ 螢火ノ宿《ほたるびのしゅく》
⑰ 紅椿ノ谷《べにつばきのたに》
⑱ 捨雛ノ川《すてびなのかわ》

⑲ 梅雨ノ蝶 ばいうのちょう
⑳ 野分ノ灘 のわきのなだ
㉑ 鯖雲ノ城 さばぐものしろ
㉒ 荒海ノ津 あらうみのつ
㉓ 万両ノ雪 まんりょうのゆき
㉔ 朧夜ノ桜 ろうやのさくら
㉕ 白桐ノ夢 しろぎりのゆめ
㉖ 紅花ノ邨 べにばなのむら
㉗ 石榴ノ蠅 ざくろのはえ
㉘ 照葉ノ露 てりはのつゆ
㉙ 冬桜ノ雀 ふゆざくらのすずめ
㉚ 侘助ノ白 わびすけのしろ
㉛ 更衣ノ鷹 きさらぎのたか 上
㉜ 更衣ノ鷹 きさらぎのたか 下
㉝ 孤愁ノ春 こしゅうのはる
㉞ 尾張ノ夏 おわりのなつ
㉟ 姥捨ノ郷 うばすてのさと
㊱ 紀伊ノ変 きいのへん
㊲ 一矢ノ秋 いっしのとき
㊳ 東雲ノ空 しののめのそら
㊴ 秋思ノ人 しゅうしのひと
㊵ 春霞ノ乱 はるがすみのらん
㊶ 散華ノ刻 さんげのとき
㊷ 木槿ノ賦 むくげのふ
㊸ 徒然ノ冬 つれづれのふゆ
㊹ 湯島ノ罠 ゆしまのわな
㊺ 空蟬ノ念 うつせみのねん
㊻ 弓張ノ月 ゆみはりのつき
㊼ 失意ノ方 しついのかた
㊽ 白鶴ノ紅 はっかくのくれない
㊾ 意次ノ妄 おきつぐのもう
㊿ 竹屋ノ渡 たけやのわたし
51 旅立ノ朝 たびだちのあした

新・居眠り磐音

① 奈緒と磐音 なおといわね
② 武士の賦 もののふのふ
③ 初午祝言 はつうましゅうげん
④ おこん春暦 おこんはるごよみ

酔いどれ小籐次
各シリーズ好評発売中！

新・酔いどれ小籐次

①神隠《かみかく》し
②願《がん》かけ
③桜吹雪《はなふぶき》
④姉《あね》と弟《おとうと》
⑤柳《やなぎ》に風《かぜ》
⑥らくだ
⑦大晦《おおつごも》り
⑧夢三夜《ゆめさんや》
⑨船参宮《ふなさんぐう》
⑩げんげ
⑪椿《つばき》落《お》つ
⑫夏《なつ》の雪《ゆき》
⑬鼠草紙《ねずみのそうし》
⑭旅仕舞《たびじまい》
⑮鑓騒《やりさわ》ぎ
⑯酒合戦《さけがっせん》

酔いどれ小籐次〈決定版〉

①御鑓拝借《おやりはいしゃく》
②意地《いじ》に候《そうろう》
③寄残花恋《のこりはなよするこい》
④一首千両《ひとくびせんりょう》
⑤孫六兼元《まごろくかねもと》
⑥騒乱前夜《そうらんぜんや》
⑦子育《こそだ》て侍《ざむらい》
⑧竜笛嫋々《りゅうてきじょうじょう》
⑨春雷道中《しゅんらいどうちゅう》
⑩薫風鯉幟《くんぷうこいのぼり》
⑪偽小籐次《にせことうじ》
⑫杜若艶姿《とじゃくあですがた》
⑬野分一過《のわきいっか》
⑭冬日淡々《ふゆびたんたん》
⑮新春歌会《しんしゅんうたかい》
⑯旧主再会《きゅうしゅさいかい》
⑰祝言日和《しゅうげんびより》
⑱政宗遺訓《まさむねいくん》
⑲状箱騒動《じょうばこそうどう》

【シリーズ完結】

小籐次青春抄

品川《しながわ》の騒《さわ》ぎ・野鍛冶《のかじ》

（　）内は解説者。品切の節はご容赦下さい。

井川香四郎
寅右衛門どの 江戸日記
千両仇討《あだうち》
なんと本物のお殿様におさまってしまった与多寅右衛門、さっそく藩政改革に乗り出すが。古典落語をモチーフにした人気シリーズ第四弾は、人情喜劇にして陰謀渦巻く時代活劇に？
い-79-19

井川香四郎
寅右衛門どの 江戸日記
殿様推参
潰れた藩の影武者だった寅右衛門どのが、いまや本物の殿様にして若年寄。出世しても相変わらずそこつ長屋に出入りし、仲間とともに幕政改革に立ち上がる。ついに最後？の大活躍。
い-79-20

稲葉　稔
ちょっと徳右衛門
幕府役人事情
剣の腕は確か、上司の信頼も厚いのに、家族が最優先と言い切るマイホーム侍・徳右衛門。とはいえ、やっぱり出世も同僚の噂も気になって…新感覚の書き下ろし時代小説！
い-91-1

稲葉　稔
疑わしき男
幕府役人事情 浜野徳右衛門
与力・津野惣十郎に絡まれた徳右衛門。しまいには果たし合いを申し込まれる。困り果てていたところに起こった人殺し事件。徒目付の嫌疑は徳右衛門に――。危うし、マイホーム侍！
い-91-4

稲葉　稔
五つの証文
幕府役人事情 浜野徳右衛門
従兄の山崎芳則が札差の大番頭殺しの容疑をかけられた。潔白を証明せんと一肌脱ぐ徳右衛門。が、そのせいで妻のあらぬ疑いを招くはめに。われらがマイホーム侍、今回も右往左往！
い-91-5

稲葉　稔
すわ切腹
幕府役人事情 浜野徳右衛門
剣の腕を買われ、火付盗賊改に加わった徳右衛門。大店に押し入った賊の仲間割れで殺された男により、窮地に立つことに。何よりも家族が大事なマイホーム侍シリーズ、最終巻。
い-91-6

上田秀人
奏者番陰記録
遠謀
奏者番に取り立てられた水野備後守はさらなる出世を目指し、松平伊豆守に服従する。そんな折、由井正雪の乱が起こり、備後守はその裏にある驚くべき陰謀に巻き込まれていく。
う-34-1

風野真知雄
耳袋秘帖
紀尾井坂版元殺人事件

「耳袋」の刊行を願い出ていた版元が何者かに殺された。許可はださなかったが、評定所の会議で根岸に嫌疑が掛かった。根岸、最大の危機を迎える?!

か-46-35

風野真知雄
耳袋秘帖
白金南蛮娘殺人事件

長崎・出島のカピタンの定宿長崎屋では、宿泊するものがいないのに不穏な様子。また白金界隈に金髪女が出現しているらしい。一体何が起きているのか？　根岸の名推理が冴える。

か-46-36

篠　綾子
墨染の桜
更紗屋おりん雛形帖

京の呉服商「更紗屋」の一人娘・おりんは、将軍継嗣問題に巻き込まれ、父も店も失った。貧乏長屋住まいを物ともせず、店の再建のために健気に生きる少女の江戸人情時代小説。（島内景二）

し-56-1

篠　綾子
黄蝶の橋
更紗屋おりん雛形帖

犯罪組織「子捕り蝶」に誘拐された子供を奪還すべく奔走するおりん。事件の真相に迫ると、藩政を揺るがす悲しい現実があった。少女が清らかに成長していく江戸人情時代小説。（葉室　麟）

し-56-2

篠　綾子
紅い風車
更紗屋おりん雛形帖

勘当され行方知れずとなっていた兄・紀兵衛と再会したおりん。喜びもつかの間、兄の修業先・神田紺屋町で起こった染師毒殺事件の犯人として紀兵衛が捕縛されてしまう。（岩井三四二）

し-56-3

篠　綾子
山吹の炎
更紗屋おりん雛形帖

ついに神田に店を出すことになり更紗屋再興に近づいたおりん。ところが大火で店が焼けてしまう。身を寄せた寺で出会ったお七という少女が、おりんの恋に暗い翳を落とす。（大矢博子）

し-56-4

篠　綾子
白露の恋
更紗屋おりん雛形帖

想い人・蓮次が吉原に通いつめ、生まれて初めて恋の苦しさと嫉妬に翻弄されるおりん。一方、熙姫は亡き恋人とおりんのために将軍綱吉の大奥入りへと心を動かされ……。（細谷正充）

し-56-5